역사모노드라마

마르크스 뉴욕에 가다

역사모노드라마

마르크스 뉴욕에 가다

하워드 진 지음 · 윤길순 옮김

당대

마르크스 뉴욕에 가다

ⓒ도서출판 당대 2005

지은이 / 하워드 진
옮긴이 / 윤길순
펴낸이 / 박미옥
펴낸곳 / 도서출판 당대

제1판 제1쇄 인쇄 2005년 8월 1일
제1판 제2쇄 발행 2020년 11월 17일

등록 / 1995년 4월 21일 제10-1149호
주소 / 04047 서울시 마포구 독막로3길 28-13 (서교동) 204호
전화 / 02-323-1315~6
팩스 / 02-323-1317
전자우편 / dangbi@chol.com
ISBN / 978-89-8163-126-3 03840

차례

머리말

나는 열일곱 살 무렵에 『공산당 선언』을 처음 읽었다. 아마 노동자 계급이 모여 살던 우리 동네의 젊은 공산주의자들이 읽어보라고 주었을 것이다.

『공산당 선언』은 나에게 엄청난 영향을 끼쳤다. 이 책을 읽고 나니, 내가 나의 삶에서 본 모든 것과 아버지의 삶 그리고 1939년 미국이 놓여 있는 상황이 모두 분명한 역사적 맥락 속에서 뚜렷하게 설명되고 정확하게 분석되는 것 같았기 때문이다.

나는 우리 아버지, 오스트리아에서 이민 온 유대인이며 학교라고는 초등학교 4학년까지밖에 다니지 못한 우리 아버지가 아무리 뼈 빠지게 일해도 아내와 딸린 자식 넷을 부양하기 힘든 것을 익히 보아왔다. 그리고 나는 우리 어머니가 우리를 먹이고 입히고 병이 나면 보살피기 위해 밤낮으로 열심히 일하는 모습도 보며 자랐다.

그러나 나는 이 나라에는 우리 아버지나 어머니처럼 열심히 일하지 않고서도 엄청난 부를 가진 사람들이 있다는 사실도 알았다. 체제가 공평하지 않았던 것이다.

극심한 불경기에 시달리고 있던 그 시절, 나의 주위에는 아무런 잘못도 없이 극도로 궁핍한 상황에 내몰린 사람들이 넘쳐흘렀다. 그들은 집세를 낼 돈이 없어 집주인에게서 세간과 함께 길거리로 내쫓겼다. 그리고 법은 이런 집주인들을 보호해 주었다. 나는 신문을 통해 이와 같은 일이 전국에서 벌어지고 있다는 사실을 알았다.

나는 책을 무척 좋아했다. 열세 살 때부터 디킨스 소설을 많이 읽었는데, 디킨스의 소설들은 내 안에서 불의에 대한 분노와, 고용주에게 학대받고 법률 체계로부터도 부당한 대우를 받는 사람들에 대한 동정심을 일깨웠다. 그리고 이제 1939년에는 존 스타인벡의 『분노의 포도』를 읽었다. 그러자 디킨스의 소설들을 읽었을 때 느꼈던 분노가 되살아났고, 이번에는 그 분노가 이 나라의 부자와 권력자들에게로 향했다.

『선언』에서, 마르크스와 엥겔스(당시 마르크스는 서른 살이었고 엥겔스는 스물여덟이었으며, 나중에 엥겔스는 『선언』의 주요 저자는 마르크스라고 말했다)는 내가 경험하고 책에서 읽고 있던 것을 말하고 있었다.

이제 나는 그것이 19세기 영국이나 불경기에 빠진 미국에서만 일어난 일시적인 현상이 아니라, 자본주의 체제에서는 보편적으로 일어날 수밖에 없는 현상임을 알았다. 그리고 현대 세계에서 볼 수 있듯이, 이 체제는 매우 공고한 것 같지만 실은 영원하지 않다.

자본주의 체제는 역사의 한 발전 단계에서 나타난 것이고, 따라서 언젠가는 역사의 무대에서 사라질 것이다. 그러면 그 대신 사회주의 체제가 들어설 것이었다. 이것은 정말 가슴 설레게 하는 고무적인 생각이었다.

마르크스와 엥겔스는 『선언』 첫머리에서 "지금까지

존재한 모든 사회의 역사는 계급투쟁의 역사"라고 선언한다. 그래서 부자와 가난한 사람들은 개인이 아니라 계급으로서 대립해 있고, 따라서 이들의 갈등은 개인간의 사소한 갈등이 아니라 아주 기념비적인 것이 되었다.

그리고 『선언』에서는 노동자, 가난한 사람 들은 정의를 추구하는 과정에서 그들을 하나로 묶어주는 것을 가지고 있으며, 바로 그것은 그들이 모두 노동자 계급에 속해 있다는 공통된 의식이라고 말한다.

그럼, 이 계급투쟁에서 정부는 어떤 역할을 하는가? 공공건물의 정면에는 "법은 모든 사람에게 평등하다"고 새겨져 있었다. 그러나 마르크스와 엥겔스는 『선언』에서 "근대 국가의 행정부는 부르주아지 전체에 공통된 일을 맡아 관리하는 기구에 지나지 않는다"고 쓰고 있다. 마르크스와 엥겔스는 정치 기구가 겉으로는 중립적인 척해도 실제로는 자본가 계급을 위해 일한다는 놀라운 생각을 제시했다.

열일곱 살 때, 나는 이와 같은 생각이 바로 현실에서

극적으로 펼쳐지는 것을 보았다. 어느 날 공산주의자 친구들이 타임스 광장에서 일어난 시위에 나를 데리고 갔다.

수백 명에 이르는 사람들이 깃발을 펼쳐 들고 전쟁에 반대하고 파시즘에 반대한다고 외치며 길을 따라 행진 하고 있었다. 그런데 갑자기 사이렌 소리가 들리면서 말을 탄 경관들이 시위대를 덮쳤다. 나는 사복경찰들에 게 흠신 두들겨 맞고 정신을 잃었다. 얼마 후 머리가 맑아지면서 정신이 들었을 때, 나의 머릿속에 떠오르는 것은 단 한 가지 혼란스런 생각뿐이었다.

경찰이, 국가가 엄청난 부를 가진 사람들의 명령에 따르고 있었다! 어느 계급에 속해 있느냐에 따라, 누릴 수 있는 언론의 자유와 집회의 자유가 달랐다!

열여덟 살에 브루클린에 있는 조선소에 견습 설비공 (우리는 전함戰艦의 선체에 붙이는 강철판에 못질하고 용접하는 일을 했다)으로 들어갔을 때, 나는 이미 '계급 의식'에 눈떠 있었다. 나는 조선소에서 나와 같은 어린 노동자를 세 명 만났고, 우리 네 사람은 당시 숙련공으로 조직된 노동조합에서 배제되어 있는 우리 같은 견습공들을 조직하기로 했다. 우리는 또 일주일에 한번씩 만나 마르크스와 엥겔스의 저작도 읽기로 했다.

그래서 나는 엥겔스가 그의 책 『반뒤링론』(뒤링이라는 저자에 대해 벌인 논쟁)에서 설명한 마르크스주의 철학을 읽었고, 『자본론』 1권도 어렵게 돌파했다.

그러자 약간의 흥분 속에서 자본주의 체제가 적나라하게 드러나는 게 보였다. 온갖 복잡한 경제적 계약 뒤에는 어떤 핵심적인 사실이 있었다. 모든 가치의 원천은 노동이었고, 노동은 자신이 받는 보잘것없는 임금보다 더 많은 가치를 생산했다. 그리고 그 잉여가치는 자본가 계급의 호주머니 속으로 들어갔다. 자본가는 임금을 낮게 유지하기 위해 실업, 즉 '산업 예비군'이 필요했다. 자본주의는 사람보다 물질을, 특히 돈을 더 소중히 여겼고(상품 물신주의), 삶에 유용한 것은 모두 그것의 교환가치에 의해 평가되었다.

마르크스주의 이론은 착취와 계급투쟁은 세계사에서 새롭게 나타난 현상이 아니며, 단지 자본주의에서 그것이 가장 심화된 형태로 전세계적인 차원에서 일어날 뿐이라고 말했다.

그러나 자본주의는 인류의 일정한 발전 단계에서 역사에 진보적인 역할을 했다. 마르크스와 엥겔스는 『선언』에서 "부르주아 계급은 역사적으로 아주 혁명적인 역할을 했다"고 쓰고 있다.

자본주의는 과학과 기술의 엄청난 발전을 가능하게 했고, 이를 통해 어마어마한 부(富)를 창조했다. 그렇지만 이 부는 갈수록 소수의 손에 집중되었다. 점점 더 조직화되어 나가는 생산의 힘과 무정부적인 시장 체제 사이에는 근본적으로 갈등이 존재했다. 그래서 어떤 시점에 이르면, 피착취 계급인 프롤레타리아트가 힘을 조직하여 반란을 일으키고 마침내 권력을 잡아, 진보된 기술을 자본가 계급을 더욱 살찌우기 위해서가 아니라 인류를 위해 사용할 것이었다.

이렇게 나는 일찍이 마르크스에 입문했다. 그리고 몇 년 뒤, 그러니까 제2차 세계대전 때 공군 제8연대에서 폭격수로 복무하고 나와 대학에 들어가서 제대군인 원호법과 아내와 두 아이의 지원 덕분에 학교를 졸업한 후, 대학에서 역사와 정치학을 가르치기 시작했다. 처음에는 남부에 있는 스펠만 대학에서 가르쳤으며, 이곳에서 7년을 지낸 뒤 보스턴 대학으로부터 자리를 제의받고 북부로 이사했다. 나의 정치이론 강의에서 나는 마르크스와 엥겔스의 저작에 많은 관심을 기울였다.

그러다 1960년대 말쯤 무정부주의에 관심을 가지게 되었는데, 여기에는 여러 가지 이유가 있었다.

먼저, 소련에서 스탈린주의라는 공포 정치가 행해지고 있다는 혐의가 갈수록 짙어졌고, 이는 '프롤레타리아 독재'라는 고전적인 마르크스주의 개념에 대해 다시 생각할 필요가 있다는 것을 의미했다.

그리고 또 한 가지 이유는, 남부에서 학생비폭력협력위원회(SNCC)가 선봉에 섰던 인종차별주의 반대 투쟁에 참여한 나의 경험에서 찾을 수 있다. 당시 우리는 SNCC를 방아쇠를 당긴다는 의미에서 스닉(snick)이라고 불렀다. SNCC는 자기 의식적인 이론화 과정도 없이, 일체의 중앙의 권위도 부정하고 민중의 자발적인 의사 결정을 기반으로 한 풀뿌리 민주주의를 지향하는 무정부주의 원칙에 따라 행동했다. 1960년대 신좌파에서는 이것을 '참여 민주주의'라고 불렀다.

나는 미국의 무정부주의자이며 여성해방론자인 엠마 골드만과 그의 친구 알렉산더 베르크만의 저작을 비롯하여 무정부주의에 관해 읽기 시작했다. 그리고 계속해서 표트르 크로포트킨과 미하일 바쿠닌의 저작도 읽었다.

바쿠닌은 혁명이 어떻게 일어나야 하는가에 관한 마르크스의 구상에 격렬히 반대하는 사람이었다. 그리고 제1차 세계대전에 반대했다가 미국에서 러시아로 추방된 엠마 골드만은 새로운 소비에트 국가가 자신의 적인 부르주아지뿐 아니라 자신과 의견을 달리하는 혁명가

들까지 감옥에 가두는 실상을 보고, 사회주의의 이상을 배반한다고 생각되는 것들에 대해 가차 없는 비판을 퍼부었다.

이렇게 무정부주의 사상에 물들면서, 나는 보스턴 대학에서 '마르크스주의와 무정부주의'에 관한 세미나를 열었다.

그러나 1965년(베트남에서 한창 전쟁이 고조되던 해이다)부터 1975년(사이공 정부가 항복한 해)까지는 반전 운동에 열중했고, 나의 저술은 전쟁과 관련된 주제에 크게 집중되었다.

전쟁이 끝나자 나는 다른 주제에 관심을 기울일 수 있는 자유로움을 느끼고, 엠마 골드만을 그린 희곡 『엠마』(Emma)를 썼다. 연극 〈엠마〉는 보스턴과 뉴욕에서 공연되었고, 몇 년 뒤에는 런던과 도쿄에서도 공연이 되었다. 이 연극에는 뉴욕의 젊은 혁명가들이 로어 이스트 사이드(Lower East Side)에 있는 한 카페에서 마르크스 사상과 바쿠닌의 사상을 대비시키며 논쟁하는 장면

이 나온다.

나는 이 사상가들의 개인적인 생활에도 깊은 흥미를 느꼈다. 엠마 골드만의 자서전 『나의 삶』(*Living My Life*)은 정치 생활뿐 아니라 성 생활에서도 열정적으로 살았던 한 반란자의 삶을 솔직하게 기술한 책이었다. 마르크스는 자서전을 쓴 적이 없지만, 그의 사생활을 엿볼 수 있는 전기는 많이 있었다. 게다가 영국 작가 이본 캡이 마르크스의 딸 엘fp아노르 마르크스에 대해 쓴 뛰어난 전기도 있었다. 이 책에서 이본 캡은 마르크스 가족의 런던 생활을 자세히 그려놓고 있다.

마르크스와 예니는 유럽 대륙에서 이 나라에서 저 나라로 추방당하다가 런던으로 갔다. 이들은 지저분한 소호 지역에서 살았으며, 소호의 이들 집에는 런던으로 흘러 온 전세계 혁명가들이 떼를 지어 들락거렸다. 나는 집에 있는 마르크스, 아내 예니와 딸 엘레아노르와 함께 있는 마르크스를 상상해 보았고, 이런 장면들은 나를 매료시키기에 충분했다.

이미 나는 엠마 골드만에 관한 연극으로 행복한 경험을 한 터라 연극의 세계에 깊이 매료되어 있었다. 마침내 나는 카를 마르크스에 관한 희곡을 쓰기 시작했다.

나는 사람들이 거의 모르고 있는 마르크스, 가정을 소중히 하는 남자로서 아내와 자식들을 부양하기 위해 애쓰는 마르크스를 보여주고 싶었다. 마르크스는 자식 셋을 어린 나이에 잃고, 세 딸만 살아남았다.

또 나는 관객들에게 마르크스가 공격을 받고 자신의 생각을 변호하는 모습도 보여주고 싶었다. 내가 알기로 그의 아내 예니 역시 생각의 깊이가 만만치 않은 사람이었고, 그래서 나는 이따금 예니가 마르크스에게 맞서는 장면도 상상해 보았다. 또한 딸 엘레아노르 역시 조숙하고 영리한 아이였으니, 몇몇 가장 정교한 마르크스 이론에 도전하는 엘레아노르의 모습도 충분히 상상해 볼 수 있었다.

그리고 무정부주의 시각에서 마르크스의 사상을 도마 위에 올려놓고 싶은 생각도 있어, 바쿠닌이 마르크스의 집을 방문하는 것으로 이야기를 꾸미기로 했다. (마르크스와 바쿠닌은 서로 알고 있었고 제1인터내셔널인 국제노동자협회 안에서도 서로 치열하게 싸웠지만, 바쿠닌이 마르크스의 집을 방문했다는 기록은 없다.)

이 밖에도 나는 흔히 마르크스를 평가할 때 한 가지 빠뜨리는 것이 있다고 생각했다. 사람들은 마르크스를 이야기할 때 언제나 이론가, 사상가로서의 마르크스에 중점을 두었다. 그러나 내가 알기로, 마르크스는 혁명가로서도 보기 드물게 적극적으로 활동한 인물이었다.

먼저 그는 독일에서 반항적인 언론가로서 활동했고, 이어 파리의 노동자 동맹과 브뤼셀의 공산주의자 동맹에서도 적극적으로 활동했다. 그리고 1848년에 유럽에서 혁명이 일어났을 때도 활발하게 활동하였고, 이 때문에 재판까지 받았으나 법정에서 펼친 극적인 변론 덕분에 무죄 석방되었다. 런던으로 망명한 후에도 마르크스는 국제노동자협회와 아일랜드의 자유 문제에 깊은 관심을 기울였고, 1871년에는 파리 코뮌에 적극적인 지지를 보냈다.

이 시기에 쓴 그의 저작 가운데는 『자본론』에서 볼 수 있듯이 정치경제학에 관한 이론적인 저작도 있지만, 1848년 혁명이나 파리 코뮌, 유럽 대륙에서 일어난 노동자 투쟁에 대한 즉각적인 반응으로 나온 저작도 있었다.

따라서 나는 마르크스의 이런 다른 면, 그러니까 현실에 깊숙이 참여한 열정적인 혁명가로서의 마르크스를 무대 위에 올리고 싶었다.

내가 쓴 희곡에는 마르크스와 그의 아내 예니, 딸 엘레아노르, 친구 엥겔스 그리고 정치적 맞수였던 바쿠닌이 나왔다. 이 희곡은 보스턴에서 낭독회를 가지고 좋은 반응을 얻었으나, 나는 만족스럽지 않았다. 그래서 이것을 1인극으로 바꾸기로 했다.

그런데 항상 내 작품에 날카로운 비판을 아끼지 않는 나의 아내 로즐린이 계속 나에게 이 극을 마르크스와 19세기 유럽에 관한 역사극으로 만들지 말고, 우리 시대와 좀더 직접적으로 연결되는 극으로 만들어보라고 부추겼다.

나는 로즐린의 의견이 옳다고 생각했고, 그래서 한참 골머리를 앓은 끝에 약간 공상적이지만 마르크스를 현재로 불러내자는 기발한 생각을 하게 되었다. 게다가 그가 미국에 나타나면, 19세기 유럽에서의 삶도 회상하면서 오늘 여기서 일어나고 있는 일에 대해서도 논평을 할 수 있을 터였다. 그래서 나는 관료주의적인 당국의 실수로(어떤 당국인지는 모르겠지만) 마르크스가 자신이 살던 런던의 소호가 아니라 뉴욕에 있는 소호에 돌아오는 것으로 하기로 했다.

이것은 1인극이지만, 나는 그의 회상을 통해서 그의 삶에서 중요한 자리를 차지했던 사람들, 특히 아내 예니와 딸 엘레아노르를 통해 그에게 활기를 불어넣기로 했다. 그리고 그가 무정부주의자 바쿠닌도 떠올리게 했다. 그러면 이들 모두가 서로 다른 방식으로 마르크스의 사상에 가차 없이 비판을 가할 것이고, 그렇게 되면 서로 대립하는 견해들 사이의 공방이 이들 논쟁을 상기

하는 마르크스 자신의 회상을 통해서 자연스럽게 드러날 터였다.

나는 소비에트연방이 붕괴되어 주류 언론과 정치 지도자들이 거의 미친 듯이 기뻐 날뛸 때 이 희곡을 썼다. 왜냐하면 그들이 볼 때는 자신들의 '적'만 사라진 것이 아니라 마르크스주의 사상 자체가 불신을 받게 되었기 때문이다. 이제 자본주의와 '자유시장경제'가 승리를 거두고, 마르크스주의는 실패했던 것이다. 마르크스가 정말 죽었던 것이다. 그래서 나는 소비에트연방은 물론 '마르크스주의'를 지향한다면서 실제로는 경찰국가를 세웠던 나라들이 결코 마르크스가 말한 사회주의 국가가 아니었다는 것을 분명히 하는 게 중요하다고 생각했다.

나는 마르크스가 자신의 이론이 무자비한 스탈린주의를 옹호하기 위해 왜곡된 것을 보고 분노하는 모습을 보여주고 싶었다. 나는 세계 곳곳에서 억압적인 통치 체제를 구축한 사이비 사회주의자들, 그리고 자본주의의 승리에 자못 흡족해하는 서구 정치가와 저술가들로

21

부터도 마르크스를 구해 낼 필요가 있다고 생각했다.

나는 마르크스의 자본주의 비판이 오늘날에도 근본적으로 옳다는 것을 보여주고 싶었다. 그의 분석이 옳다는 것은 날마다 신문에 대서특필되는 사건들이 명명백백히 입증해 주고 있다. 마르크스는 그의 시대에 기술 변화와 사회 변화의 유례없는 속도와 혼동을 보았고, 이것은 오늘날 한층 더 심하게 나타나고 있다.

"생산의 끊임없는 변혁, 모든 사회적 조건의 부단한 교란, 항구적인 불안과 동요는 부르주아 시대를 그 이전의 모든 시대와 뚜렷하게 구분 짓는 특징이다. 모든 고정된 견고한 관계가 낡고 고색창연한 편견 및 의견과 함께 한순간에 날아가 버리고, 새롭게 형성된 관계 역시 미처 뿌리를 내리기도 전에 모두 낡은 것이 되어 버린다. 모든 견고한 것이 공기 속으로 사라져 버린다." 『선언』에 나오는 말이다.

우리가 '세계화'라고 하는 것도 마르크스는 분명히 예견했다. 이번에도 『선언』에서는 이렇게 말하고 있다.

"자신의 생산물을 팔 시장을 끊임없이 확장시켜야 할 필요성은 부르주아지를 전지구상으로 내몬다. 그래서 부르주아지는 모든 곳에 둥지를 틀고, 모든 곳에 뿌리를 내리고, 모든 곳에서 연고를 맺어야 한다. …예전에 한 지역이나 한 나라에 틀어박혀 자급자족하던 때와 달리, 이제는 사방에서 왕래가 이루어지고 국가들 사이에 보편적인 상호의존이 나타난다."

최근 몇 년 사이에 미국에서 추진한 '자유무역협정'은 자본이 전지구상에서 자유롭게 이동할 수 있게 하기 위해 자본의 흐름에 방해가 되는 것을 모두 제거하려는 시도이다. 따라서 이것은 자본가에게 세계 모든 곳에서 민중을 착취할 수 있는 권리를 주고자 하는 시도이기도 하다.

연극이 진행되는 동안, 신문에 대서특필된 기사들을 보면서도 마르크스는 하나도 놀라지 않는다. 그는 대기업의 합병을 예견했고, 이것은 오늘날 더욱더 큰 규모로 진행되고 있다. 그는 빈부 격차의 심화 역시 예견했고,

이는 오늘날 각 나라에서도 진행되고 있는 현실이지만 부자 나라 국민과 가난한 나라 국민 사이에서는 더 한층 극적으로 나타나고 있다.

연극에서 마르크스는 사회주의는 결코 자본주의의 특징을 띠어서는 안 된다고 말한다. 사이비 사회주의 나라에서 체제에 반대하는 사람들이 죽음을 당하는 것을 보고, 그는 1853년 『뉴욕 데일리 트리뷴』지에 글을 쓰고 있을 때 범죄와 처벌 제도에 관해 자신이 한 말을 되씹는다.

"그저 새롭게 공급되는 범죄자들을 수용할 공간을 마련하기 위해 수많은 범죄자를 처형하는 교수형 집행자를 찬양하는 대신, 이런 범죄자를 낳은 체제를 바꾸는 문제에 대해 깊이 생각해 볼 필요가 있지 않을까?"

우리는 마르크스가 '상품 물신주의'라고 말한 것이 딱 들어맞는 사회에 살고 있다. 거의 같은 시기에 랠프 월도 에머슨이 미국 산업제도가 시작되는 것을 보고 말한 대로, 우리 사회에서는 "물건이 안장에 앉아 인류를 몰고 간다."

우리 사회에서는 기업의 재산을 보호하는 것이 인간의 생명을 보호하는 것보다 더 중요하다. 실제로 19세기 말 미국 대법원에서는 기업도 하나의 '인격체'이며 따라서 미국 수정헌법 제14조의 보호를 받는다고 판결하였다. 이로써 원래 이 법이 보호하고자 했던 흑인보다 기업을 더 보호해 주었다.

마르크스가, 몇 년 후에야 출판되었지만 『경제학 철학 수고』라고 알려진 아주 뛰어난 문건을 쓴 것은 예니와 함께 파리에 살고 있던, 그의 나이 겨우 스물다섯 살 때였다. 『경제학 철학 수고』에서 마르크스는 현대 사회에서 나타나는 인간의 소외에 관해 쓰고 있다.

그의 말에 따르면, 인간이 자신의 노동으로부터, 자연으로부터, 인간관계로부터, 자기 자신의 진정한 자아로부터 소외되는 현상은 자본주의 사회에서 절정에 이른다. 이는 말할 필요도 없이 우리 사회 어디에서나 볼 수 있는 현상이며, 이로 인해 우리는 물질적인 고통뿐 아니라 심리적인 고통도 겪는다.

마르크스는 자신의 저작 대부분을 자본주의를 비판하는 데 바쳤고, 사회주의 사회가 어떤 사회인가에 대해서는 거의 기술하지 않았다. 그러나 우리는 그가 자본주의에 관해 말하는 것에서 충분히 착취 없는 사회, 사람들이 자연과, 자신의 하는 일과, 자신 자신과 하나 됨을 느끼고 인간관계에서도 소외되지 않는 사회를 상상해볼 수 있다. 마르크스는 또 1871년에 파리 코뮌이 짧은 기간이지만 몇 달 동안 존재하면서 창조했던 사회에 관해 매우 열정적인 어조로 기술함으로써, 우리에게 미래에 관한 몇 가지 실마리를 제공해 주었다.

『마르크스 뉴욕에 가다』를 읽는 독자들은 이 1인극이 역사적으로 얼마나 정확한지 궁금할 것이다.

먼저, 마르크스의 삶과 그 시대의 역사에서 일어난 주요 사건들, 그러니까 마르크스가 예니와 결혼한 것, 그가 런던으로 망명한 것, 자식 셋을 잃은 것, 그 당시의 정치적 갈등, 잉글랜드에 대한 아일랜드의 투쟁, 유럽에서 일어난 1848년 혁명, 공산주의 운동, 파리 코뮌은 모두 사실이다.

그리고 그가 거론하는 인물들, 그러니까 그의 가족 구성원과 친구 엥겔스 그리고 그의 맞수였던 바쿠닌도 모두 실제로 존재했던 인물이다. 대화는 꾸며낸 것이지만, 등장인물의 개성과 성격에 충실하려고 노력했고, 단지 마르크스가 예니나 엘레아노르와 이데올로기적인 갈등을 빚는 것으로 상상한 부분에서는 상상력의 자유를 좀 누렸다. 그렇지만 마르크스가 나폴레옹 3세에 관해 말하는 부분처럼, 몇몇 경우에는 마르크스가 직접 한 말을 그대로 썼다.

모쪼록『마르크스 뉴욕에 가다』가 그 시대와 그 시대에 마르크스가 차지한 위치뿐 아니라 우리 시대와 우리 시대에 우리가 차지하고 있는 위치 역시 조망해 보는 계기가 되었으면 좋겠다.

마르크스 뉴욕에 가다

(객석의 조명이 들어와 객석의 일부를 비춘다. 그리고 무대 중앙에 조명이 들어오면서, 테이블 하나와 의자 몇 개를 빼고는 텅 빈 무대를 보여준다.

마르크스가 검은색 프록코트에 조끼와 흰 셔츠, 헐렁한 검은 네타이 차림으로 들어온다. 텁수룩한 턱수염에 키가 작고 땅딸막하며, 코밑수염은 검은데 머리카락은 백발이 성성하다. 쇠테 안경을 쓰고 있다.

그가 질질 끌고 다니는 자루를 들고 가다가 멈춰 서더니 무대 한쪽으로 걸어간다. 그리고 관객을 발견하고는 희색이 만연해진다. 약간 놀란 듯하다.)

오 세상에, 청중이라니!

(그가 자루에서 소지품을 꺼낸다. 책 몇 권과 신문, 맥주 한 병, 잔이 나온다. 그가 몸을 돌려 무대 앞으로 걸어간다.)

여러분, 이렇게 와 주셔서 정말 감사합니다. 여러분은 "마르크스는 죽었다!"고 떠들어대는 저 얼간이들의 말에 속아 넘어가지 않았군요. 예, 나는 죽었습니다.

…그러나 죽지 않았지요. 여러분에게는 이 말이 궤변으로 들리겠지만.

(그는 자신을 조롱해도, 또 자신의 생각을 조롱해도 전혀 개의치 않는다. 요 몇 년 사이에 사람이 꽤 성숙해진 것 같다. 그런데 마르크스가 꽤 말랑말랑해졌다고 생각하는 순간, 그가 화난 목소리로 버럭 소리를 지른다.)

여러분은 내가 여기 어떻게 왔는지 궁금하지요? … (입가에 장난기 어린 미소가 번진다.) …일반 대중교통 수단을 이용했지요.

(그의 말투에서는 영국식 억양과 대륙식 억양이 약간씩 느껴지지만, 특별히 관심을 끄는 건 없다. 그러나 결코 미국식 억양은 아니다.)

나도 내가 여기로 돌아오리라고는 전혀 생각지 못했습니다…. 나는 소호로 돌아가고 싶었거든요. 내가 런던에서 살았던 소호 말입니다.

그런데… 저 정신 나간 관료들 탓에 내가 그만 여기 뉴욕에 있는 소호로 오고 말았군요…. (한숨) 예, 하지만 뉴욕에도 늘 오고 싶었습니다. (그는 맥주를 조금 따르더니 한 모금 마시고 잔을 내려놓는다.)

(그의 기분이 바뀐다.)

그런데 내가 왜 돌아왔을까요?

(그가 약간의 분노를 보인다.)

내 명예를 회복하려고요!

(그가 목소리를 가라앉힌다.)

줄곧 여러분의 신문을 읽고 있었습니다…. (신문을 집어 든다.) 온통 내 사상은 죽었다고 떠들어대는 말뿐이 군요! 하지만 새삼스러울 것도 없지요. 이 어릿광대들 은 백 년 넘게 이렇게 말해 왔으니까.

그런데 여러분은 이상하지 않으세요? 왜 이렇게, 내가 죽었다고 거듭 선언할 필요가 있을까요?

예, 그런데 이젠 도저히 참을 수가 없더군요. 그래서 내가 잠시라도 돌아갈 수 있는 권리를 달라고 했지요. 그랬더니 규칙이 있답니다. 내가 그랬잖아요, 그게 관

뉴욕의 소호거리

료주의라고. 글을 읽고 텔레비전을 보는 것은 허용할 수 있대요. 그렇지만 여행은 안 된다는 겁니다.

당연히 나는 항의를 했지요. 그랬더니 나를 지지해 주는 사람도 몇 사람 있었답니다…. 소크라테스는 그들을 향해 "여행 없는 삶은 살 가치가 없다!"고 외쳤고, 간디는 단식을 했습니다. 그리고 마더 존스는 피켓 시위를 하겠다고 으름질렀습니다. 마크 트웨인도 자기 나름대로의 이상한 방식으로 나를 옹호하고 나섰어요. 붓다는 "나무아미타불 관세음보살" 하고 불경을 외웠고요.

그러나 나머지 사람들은 아무 말도 하지 않았습니다. 그야말로 입 꼭 다물고 있었지요. 아, 그런데 그들이 뭐 손해 볼 게 있겠어요?

예, 하지만 나는 그곳에서도 걸핏하면 말썽을 일으키는 인물로 소문이 자자했지요. 아, 그리고 거기서도 항의를 하면 효과가 있답니다! 마침내 그들이 말하더군요. "좋소, 당신은 갈 수 있소. 한 시간 정도는 당신의 심정을 토로할 수 있소. 하지만 명심하시오. 절대 선동은 안 되오!"

물론 그들도 언론의 자유를 신봉한답니다…. 하지만 일정한 한계를 그어 놓고 그 안에서만 허용하지요…. (그가 빙그레 웃는다.) 그들은 자유주의자이거든요.

이제 여러분은 *"마르크스가 돌아왔다!"* 고 말하고 다녀도 됩니다. 아주 잠시 동안이지만 말입니다. 그렇지만 한 가지는 알고 계셔야겠습니다.

나는 마르크스주의자가 아닙니다. (소리 내어 껄껄 웃는다.)

한번은 내가 피퍼에게, 나는 마르크스주의자가 아니라고 말했더니, 거의 까무러치더군요. 아, 그러고 보니 여러분에게 피퍼에 대해 말해 줘야겠군요. (맥주를 한 모금 마신다.)

우리는 런던에 살고 있었습니다. 예니와 나 그리고 아이들. 그리고 우리 집에는 개 두 마리와 고양이 세 마리, 새 두 마리가 있었지요. 겨우 살았습니다. 딘 가에 있는 아파트에서요. 근처에는 시에서 하수 오물

© 김진수

버리는 곳이 있었지요.

　우리가 런던까지 가서 살게 된 건 내가 대륙에서 추방
되었기 때문이었습니다. 라인란트에서 추방당했지요.
예, 내가 태어난 곳에서요.

　내가 위험한 일을 했거든요. 나는 『라인 신문』이라는
신문의 주간이었습니다. 별로 혁명적이지도 않은 신문

이었지요. 그러나 나는 우리가 할 수 있는 가장 혁명적인
행위는… 진실을 말하는 것이라고 생각합니다.

라인란트에서는 경찰이 부자들의 사유지에서 땔감
을 줍는 가난한 사람들을 잡아들이고 있었습니다. 그래
서 내가 그것에 항의하는 사설을 썼지요. 그러자 그들이
우리 신문을 검열하려고 했습니다. 그래서 내가 또 독일
에는 언론의 자유가 없다는 사설을 썼지요. 그러자 그들

『라인 신문』의 주간으로 일했던 마르크스. (Y. Sapiro 1961)

이 내가 옳다는 것을 증명하기로 했나 봐요. 우리 신문을 정간시켜 버렸지 뭡니까.

이런 일을 겪고서야 우리는 래디컬해졌지요——원래 그런 것 아닙니까? 우리는 우리 신문 마지막 호에 붉은 글씨로 "봉기하라!"는 말을 대문짝만하게 실었어요…. 이 구호가 당국의 심기를 건드렸나 봐요. 나더러 라인란트를 떠나라고 명령했으니까요.

그래서 나는 파리로 갔지요. 망명자가 달리 어디로 가겠습니까? 파리 말고 다른 곳 어디에서 밤새도록 카페에 죽치고 앉아, 전에 있던 나라에서는 자신이 얼마나 혁명적이었는지 떠벌리며 거짓말을 할 수 있겠어요…. 예, 여러분도 만약 앞으로 망명자가 될 거라면, 파리의 망명자가 되십시오.

파리는 우리가 신혼시절을 보낸 곳이지요. 예니가 라틴 지구에서 조그만 아파트를 찾아내었습니다. 몇 개월이지만 아주 꿈같은 시간이었지요. 그런데 독일 경찰이 파리 경찰에게 기별을 했어요. 아무래도 경찰은

브뤼셀에서 추방당하다. (N. Khukov 1930s)

노동자들보다 훨씬 오래 전부터 국제적인 연대 의식을 가지고 있었나 봅니다…. 그래서 나는 파리에서도 추방당했지요. 그 다음으로 우리는 벨기에로 갔습니다. 그런데 그곳에서도 또 추방하더군요.

그래서 결국 우리는 전세계의 망명객들이 몰려드는 런던으로 갔습니다. 영국인의 관용 정신은 정말 칭찬할 만하지요…. 스스로 그걸 자랑하는 건 참기 힘들 정도로 밉살스럽지만 말입니다.

(그가 기침을 한다. 그러나 앞으로도 가끔 기침을 할 것이다. 고개를 가로젓는다.)

의사들이 감기는 몇 주일 지나면 떨어질 거라고 하더군요. 1858년 일이지요.

그런데 참 내가 여러분에게 피퍼 이야기를 하고 있었지요? 여러분도 알다시피, 런던에서는 유럽 대륙에서 온 정치 망명자들이 우리 집을 줄지어 들락거렸습니다. 피퍼도 그 가운데 한 사람이었지요.

피퍼는 마치 호박벌처럼 내 주위를 빙빙 돌며 귀찮게

떠들어댔습니다. 알랑거리기 좋아하는 아첨꾼이었어요. 그런데다 그는 내가 피할 수도 없게 꼭 내게서 15센티쯤 떨어져서 나의 저작을 인용하곤 했지요. 그래서 내가 말했어요. *"피퍼, 제발 내 말을 나에게 인용하지 마."*

그런데 한번은 그가 뻔뻔스럽게도 자기가 나의 『자본론』을 영어로 번역하겠다고 하더군요. 그럼 내가 좋아할 줄 알고. 허참! 제대로 된 영어 문장 하나 구사할 줄 모르는 사람이 말입니다.

영어는 아름다운 언어지요. 셰익스피어의 언어 아닙니까? 그런데 만약 셰익스피어가 피퍼가 말하는 영어 문장을 하나라도 들었다면, 아마 독약을 들이마셨을 겁니다.

그러나 예니는 그를 딱하게 여겼지요. 그래서 우리 가족이 저녁식사할 때 그를 자주 초대하곤 했습니다. 그러던 어느 날 저녁이었습니다. 그가 오더니, '런던 마르크스주의 협회'가 결성되었다고 큰소리로 알려주더군요.

　그래서 내가 물었지요. "마르크스주의 협회라고? 그게 뭔데?"

　"우리는 일주일마다 만나 당신의 저작을 가지고 토론하기로 했어요. 한 문장 한 문장 큰소리로 읽고 자세히 검토할 거예요. 그래서 우리가 우리를 마르크스주의자라고 하는 거예요. 우리는 당신이 쓴 것은 모두 다 전적으로 믿어요."

　"모두 전적으로?" 내가 눈을 동그랗게 뜨고 물었지요.

　"예, 그리고 다음 마르크스주의 협회 모임 때는 당신이 오셔서 강연을 해주시면 정말 영광이겠는데요, 마르크스 박사님."

　그는 나를 항상 마르크스 박사님이라고 불렀지요.

　"난 그럴 수 없어." 내가 말했어요.

　그러자 그가 의아한 표정을 지으며 묻더군요. "왜요?"

　"나는 마르크스주의자가 아니니까."

　(그가 재미있다는 듯 껄껄 소리 내어 웃는다.)

나는 그가 영어를 못하는 건 상관하지 않았어요. 나의
영어도 그리 완벽한 건 아니니까.

　그런데 문제는 그의 사고방식이었어요. 참 난감한
사람이었지요. 마치 위성처럼 내 말 주위만 빙빙 돌며,
자기 딴에는 내 말을 세상에 그대로 전한다면서 왜곡하
기 일쑤였으니까요. 게다가 그는 그렇게 왜곡시킨 것을
무슨 광신자처럼 무조건 옹호하고 나섰지요. 그걸 다르
게 해석하는 사람은 막무가내 비난하면서 말입니다.

　한번은 내가 예니에게 말했지요.

　"당신은 내가 무엇을 가장 두려워하는지 알아?"

　그러자 예니가 말하더군요. "노동자 혁명이 절대로
일어나지 않는 것?"

　"아니, 혁명은 일어날 거야. 그런데 그것이 피퍼 같은
사람들에게 넘어가는 것. 권력이 없을 때는 알랑거리는
아첨꾼이다가 권력을 잡으면 난폭한 깡패로 변해 큰소
리나 뻥뻥 치는 허풍선이가 되는 사람들 말이야. 이런
사람들이 프롤레타리아 계급을 대변한다면서 내 사상

을 세상에 해석해 줄 거야. 그리고 새로운 성직 계급을 조직하겠지. 파문과 금서목록, 종교재판, 총살형 집행대가 있는 새로운 위계질서 말이야.

그리고 이 모든 것이 공산주의라는 이름으로 행해질 거야. 자유가 있는 공산주의는 한 백 년쯤 뒤로 미루어 놓고, 세계를 자본주의 제국과 공산주의 제국 두 개로 나누고 말이지. 그들은 우리의 아름다운 꿈을 짓밟고, 그 꿈을 흔적도 없이 없애버리기 위해 또 다른 혁명을 감행할 거야. 어쩌면 그게 두 번 세 번이 될지도 몰라. 내가 두려워하는 것은 바로 그거야."

예. 나는 피퍼에게 『자본론』을 영어로 번역하게 할 생각이 추호도 없었습니다.

『자본론』은 15년 동안의 각고 끝에 나온 것이랍니다 ——소호 같은 상황에서 말입니다. 날마다 아침이면 오물더미 속에서 자고 있는 거지들 곁을 지나 대영박물관과 그곳에 있는 장대한 도서관에 가서 땅거미가 내릴 때까지 작업하면서 읽고 또 읽었으니까요….

세상에 정치경제학에 관한 것을 읽는 일보다 더 지루한 일이 있을까요? (잠시 생각한다.) 아, 있지요. 정치경제학에 관해 쓰는 것.

그리고는 매캐한 냄새가 풀풀 풍기는 유독한 공기 속에서 행상인들이 물건값 외치는 소리며, 어떤 사람은 눈이 없고 어떤 사람은 다리가 없는 크림 전쟁 참전 용사들이 한 푼 줍쇼 하는 소리를 들으며, 어둑어둑해지는 거리를 따라 집으로 돌아오곤 했지요…. 예, 가난에 찌든 런던의 냄새를 맡으면서 말입니다.

나를 비판하는 사람들은 『자본론』에 들어 있는 걸 어떻게든 과소평가 하려 들면서 "아, 그는 개인적으로 아주 지독한 경험을 한 게 틀림없어" 하고 말합니다. 래디칼한 저작자들에게는 늘 그렇듯이 말이지요. 예, 여러분이 그 점을 강조하고 싶다면, 그렇게 하세요. 소호 거리를 지나 집으로 가다 보면, 『자본론』에 담겨 있는 분노가 활활 타올랐으니까요.

나는 여러분이 *"그래, 물론 그땐 그랬겠지. 한 세기 전에는 말이야"* 하고 말하는 소리를 듣습니다. *그런데 말입니다, 그때만 그랬다고요?*

오늘도 나는 여기 오면서, 추위에 몸을 잔뜩 움츠리고 길거리에서 자고 있는 사람들 곁을 지나, 곳곳에 널려 있는 쓰레기와 그 악취가 진동하는 여러분의 도시 거리를 걸어 왔는데요? 그리고 내 귀에는 민요를 부르는 아름다운 아가씨 목소리가 아니라… (애처롭게.) "선생님, 커피 한잔 값만 줍쇼" 구걸하는 소리가 들렸습니다.

(이제 화를 내며) *여러분은 이것을 진보라고 부릅니까?*

이제 자동차와 전화, 비행기가 있고 여러분에게서 훨씬 좋은 냄새가 나게 하는 것들이 많다고 해서요? 그리고 저 길거리에서 자고 있는 사람들이 있다고 해서요?

(그가 신문을 집어 들고 찬찬히 들여다본다.) 공식발표:

뉴욕의 노숙자들

지난해 미국 국민총생산은 (예, 모두 합친 것이!) 7조 달러였다. 정말 굉장합니다.

그런데 어디 한번 말해 보세요. 그 돈이 다 어디 있지요? 이로써 이익을 보고 있는 사람은 누군가요? 그렇지 않은 사람은 누구고? *(다시 신문을 보고 읽는다.)* 불과 500명도 안 되는 개인이 2조 달러의 기업자산을 주무른다.

그럼, 한번 물어봅시다. 이 사람들이 싸구려 허름한 아파트에서 아이 셋을 키우며 난방비 낼 돈도 없이 겨울을 나는 어머니보다 더 고귀하고 더 열심히 일하고 더 사회에 가치가 있습니까?

150년 전에 내가 자본주의는 사회의 부를 엄청나게 증가시키지만 그 부가 갈수록 소수의 손에 집중된다고 말하지 않았나요? *(신문을 보고 읽는다.)* "케미컬 은행과 체이스 맨해튼 은행의 대대적인 합병. 노동자 2천 명이 일자리를 잃게 될 것이다. …주가는 상승하고."

그리고 내 사상은 죽었다고 말하고 있군요!

여러분, 올리버 골드스미스(Oliver Goldsmith)의 시
「황폐한 마을」을 아십니까?

(시를 읊는다.) "재난을 재촉하며 땅이 황폐해지고 약탈
당하니, 부는 쌓여 가는데 인간은 쇠락해 가는구나."

예, 쇠락! 이게 오늘 아침 내가 여러분의 도시를
걸으며 본 것입니다. 집도 쇠락해 가고, 학교도 쇠락해

가고, 사람도 쇠락해 가더군요. 그런데 조금 더 걸으니 주위에는 온통 기름이 자르르 흐르는 남자들과 보석과 모피에 푹 파묻힌 여자들뿐이었습니다.

그리고 갑자기 사이렌 소리가 들렸지요. 어디 근처에서 폭력 사건이 일어나고 있었을까요? 아니면 누가 범죄를 저지르고 있었을까요? 누가 합법적으로 국민총생산을 도둑질해 간 사람들에게서 불법적으로 그 일부를 가져가려 했을까요?

아, 시장경제는 정말 놀라운 힘을 가졌습니다! 인간을 한낱 상품으로 전락시키고, 인간의 삶을 최고의 상품인 돈이 좌지우지하게 만들다니!

(위협하듯 갑자기 불이 번쩍인다. 마르크스가 위를 쳐다보더니 관객을 향해 은밀하게 말한다.) 위원회에서 별로 좋아하지 않는군요!

(그의 목소리가 누그러지며 추억에 젖어든다.) 소호에 있던 그 작은 아파트에서, 예니는 뜨거운 수프와 삶은 토마토를 만들었지요. 그리고 길 저 아래쪽에서 빵집을 하는

엥겔스와 마르크스, 그의 세 딸(1864)

우리 친구가 보내 준 갓 구운 빵도 있었고요.

　우리는 식탁에 둘러앉아 음식을 먹으며 그날 일어난 사건에 관해 이야기하곤 했습니다. 자유를 쟁취하기 위해 투쟁하는 아일랜드 사람들, 가장 최근에 일어난 전쟁, 나라의 지도자라는 사람들이 벌이는 행태, 진짜

중요한 문제는 제쳐두고 자질구레한 일에만 매달리는
야당, 겁쟁이 언론 등….

나는 요새는 다를 거라고 생각하는데, 그런가요?

저녁 식사를 마치면, 우리는 식탁을 치우고 나서,
그곳에서 나는 작업을 하였습니다. 손을 뻗으면 잡을

수 있는 가까운 곳에 시가와 맥주 한 잔을 두고서요, 예, 그렇게 새벽 서너 시까지 일했습니다. 내가 앉아 있는 이쪽에는 내 책이 쌓여 있고, 또 저쪽에는 국회 자료가 쌓여 있었지요.

그리고 식탁 맞은편에는 예니가 앉아 내가 쓴 것을 베껴 쓰고 있었고요. 내 글씨가 엉망이었거든요. 그래서 예니는 내가 쓴 것을 하나하나 다시 베껴 썼습니다 ──여러분, 이보다 더 영웅적인 행위가 있을까요?

그러나 간혹 위기도 있었지요. 아니, 세계 위기 말고요. 가끔 책이 없어지곤 했거든요. 어느 날인가도 나의 리카도 책이 보이지 않더군요. 그래서 예니에게 물었지요. "내 리카도 책 어디 있어?"

"『정치경제학 원리』 말이야?"

그런데, 그녀 말이 내가 그 책을 다 봤다고 생각하고 전당포에 맡겼다는 겁니다.

나는 화가 나서 참을 수가 없었어요. "내 리카도 책을! 그러니까 당신이 내 리카도 책을 전당포에 맡겼단 말이

1870년대의 마르크스와 엥겔스 (N. Khukov 1930s)

지!"

그러자 예니가 말했어요. "진정해! 지난주에는 우리 어머니가 내게 주신 반지도 맡겼잖아?"

예, 늘 그랬어요. (한숨) 우리는 저당 잡힐 수 있는 것이라면 뭐든지 다 전당포에 가지고 갔지요. 특히 예니 가족에게서 받은 선물은 그랬지요. 그리고 선물이 다 떨어지자 그 다음에는 우리 옷을 저당 잡혔지요. 어느 해 겨울에는——런던의 겨울이 어떤지 아시죠?——나는 오버코트도 없이 지냈답니다. 그뿐 아니에요. 한번은 집을 나섰는데, 눈길에 발이 꽁꽁 얼어붙기 시작했어요. 그제야 깨달았지요. 내가 신발을 신지 않았다는 걸 말입니다. 그 전날 전당포에 내 신발까지 맡겼거든요.

『자본론』이 출판되어 축하할 때도, 우리는 엥겔스가 돈을 얼마 줘서 겨우 저녁 식탁을 차릴 우리 식탁보며 접시를 찾아올 수 있었답니다. 엥겔스는… 그래요, 성 인이었습니다. 그에 대해 달리 어떻게 표현할 수 있겠어 요. 수도가 끊기고 가스가 끊겨 어두컴컴한 집 안에서 우리가 시무룩해 있을 때도, 엥겔스가 밀린 청구서를 대신 지불했지요. 엥겔스 아버지가 맨체스터에 공장을 가지고 있었거든요. 그래요… (빙그레 웃으며)… *자본주의가 우리를 구해 줬어요!*

그렇지만 그가 항상 우리의 궁핍한 처지를 충분히 이해했던 건 아닙니다. 우리는 식료품 살 돈이 없는데, 그는 우리에게 와인 바구니를 보내곤 했으니까요! 어느 해 크리스마스에는 도무지 바이나흐츠바움을, 그러니까 크리스마스트리를 살 길이 없었는데, 엥겔스가 샴페인을 여섯 병이나 가져왔습니다. 그래서 우리는 트리가 여기 있다고 상상하고 그 주위에 둘러앉아 샴페인을 마셨지요. 크리스마스 노래도 부르면서요. (마르크스가 크리스마스 캐럴을 흥얼흥얼거린다.)

"탄넨바움(크리스마스트리라는 뜻의 독일어)…"

아, 물론 나의 혁명적인 친구들이 무슨 생각을 할지 알고도 남음이 있었지요. 무신론자인 마르크스가 크리스마스트리라니!

예, 분명히 나는 종교는 민중의 아편이라고 말했습니다. 하지만, 지금껏 그 구절 전체에 관심을 기울인 사람은 없었지요. (그가 책을 들고 읽는다.) "종교는 억압받는 자의 탄식이요, 냉혹한 세상의 따뜻한 가슴이며, 영혼 없는 세상의 영혼이다." 예, 아편은 물론 어떤 해결책도 주지 않지만, 고통을 더는 데는 필요할 수도 있습니다. (그가 고개를 내젓는다.) 내가 뾰루지 때문에 그렇게 고생하고도 그걸 모르겠습니까? 그리고 세상에는 정말 끔찍한 고통들이 있지 않습니까?

나는 예니에 대해 줄곧 생각합니다. (그가 말을 멈추고 눈가를 문지른다.) 예니는 우리가 가진 것을 몽땅 싸들고 우리의 두 딸, 예니첸과 라우라를 데리고 영국 해협을 건너 런던으로 왔지요. 그리고 딘 가에 있는 그 춥고 초라한 아파트에서 세 번이나 출산을 했습니다. 아이들을 기르고, 아이들을 따뜻하게 해주려고 무척이나 애를 썼지요.

그리고 아이들이 잇따라 죽는 일을 겪어야 했습니

예니첸과 라우라(위),
예니와 마르크스(아래)

다…. 귀도는 아직 걸음마도 시작하지 않은 갓난아기였습니다…. 그리고 프란체스카는 한 살이었고…. 모슈는 여덟 살까지 살았지만, 처음부터 뭔가 잘못되었어요. 머리는 크고 잘생겼는데, 나머지는 전혀 자라지 않았으니까요. 모슈가 죽던 날 밤, 우리는 모두 마루에, 그 아이 시체 곁에서 아침이 밝을 때까지 누워 자고 있었답니다.

엘레아노르가 태어났을 때, 우리는 무척 두려웠습니다. 그러나 그 아이는 아주 강인한 아이였어요. 언니가 둘이나 있는 것도 그 아이에겐 다행이었지요. 용케도 예니첸과 라우라는 살아남았거든요.

예니첸은 파리에서 태어났습니다. 파리는 연인들에게는 멋진 곳이지만, 아이들에게는 아닙니다. 파리 공기에는 좀 문제가 있어요. 라우라는 우리 둘째딸인데, 브뤼셀에서 태어났지요. 그러나 브뤼셀에서는 태어날 일이 아닙니다.

런던에서 우리는 돈이 없었습니다. 그래도 우리는

일요일이면 항상 소풍을 갔지요. 한 시간 반쯤 걸어서 교외로 나가곤 했어요. 예니와 나, 아이들 그리고 렌첸도 함께 갔어요. 아, 여러분에게 렌첸 이야기를 해 드려야겠군요…. 렌첸은 송아지고기 구이를 만들곤 했지요. 그리고 우리는 차도 마시고 호두나 땅콩이 들어 있는 빵이며 치즈도 먹고 맥주도 마셨지요. 엘레아노르는 가장 어린 녀석이 맥주를 마셨답니다.

돈이 없어도 아이들에게는 휴식이 필요합니다. 그래서 한번은 빌린 돈으로 아이들을 대서양 연안에 있는 프랑스 지방으로 보냈지요. 그리고 또 한번은 식료품 살 돈으로 피아노를 샀고요. 여자아이들은 음악을 좋아하니까요.

아버지는 아이들을 편애해서는 안 되지요. 아, 그런데 엘레아노르는! 내가 예니에게 "엘레아노르는 이상한 아이야" 하고 말하면, 예니는 이렇게 대꾸하곤 했지요. *"그럼 당신은 카를 마르크스의 딸이 정상이길 바랐어?"*

엘레아노르

엘레아노르는 가장 어렸지만 가장 명석했습니다. 여덟 살짜리 혁명가를 한번 상상해 보세요. 1863년에 그 아이의 나이가 바로 여덟 살이었습니다. 당시 폴란드가 러시아의 지배에 맞서 항거하고 있었는데, 투시가(우리는 엘레아노르를 이렇게 불렀어요, 투시라고) 엥겔스에게 "폴란드의 저 용감한 친구들"에 관해 편지를 썼답니다. 엘레아노르는 폴란드 사람들을 그렇게 불렀어요. 그리고 아홉 살 때는 미국에 있는 링컨 대통령에게 편지를 썼지요, 어떻게 하면 전쟁에서 남부 연방군에게 이길 수 있는지 조언해 주는 편지였죠.

이 아이는 또 담배도 피웠습니다. 포도주도 마시고. 아직 어린애가 말입니다. 글쎄, 엘레아노르는 인형 놀이를 하면서도… 포도주를 홀짝거렸다니까요! 열 살에는 나와 체스를 두었는데, 그 아이를 쉽게 이길 수가 없었어요.

그리고 열다섯 살에는 갑자기 주일을 지키기로 되어 있는 법에 대해 크게 반발하기 시작하더군요. 일요일에는 어떤 활동도 할 수 없다고 되어 있었거든요. 그래서 이 아이가 세인트 마틴스 홀에서 '일요일 저녁 민중을 위한 음악회'를 조직해서는, 음악가들을 불러와 헨델과 모차르트, 베토벤을 연주하게 했답니다. 홀이 꽉 찼지요. 사람들이 이천 명이나 몰려들었으니까요. 당연히 불법이었지요. 하지만 잡혀간 사람은 아무도 없었어요.

여기서 우리는 한 가지 배울 게 있어요. *앞으로 법을 어기려거든, 이천 명과 함께 어기도록*

하십시오… 그리고 모차르트도 함께요.

나는 딸들에게 셰익스피어와 아이스킬로스, 단테를 읽어주곤 했는데, 특히 엘레아노르가 무척 좋아했습니다. 그 아이 방은 한마디로 셰익스피어 박물관이었어요. 그리고 『로미오와 줄리엣』을 줄줄 외웠답니다. 내게 로미오가 줄리엣이 처음 만났을 때 읊는 대사를 몇 번이나 계속 읽어달라고 떼를 썼지요.

그녀의 빛나는 뺨 앞에서는
저 별들도 무색해질 거야,
한낮에 켜놓은 등불처럼.
환희에 찬 그녀의 눈동자가
청명한 대기를 뚫게 밝게 비추면
저 새들도 밤인 줄 모르고 지저귈 거야.

투시는 함께 살기가 쉽지 않았습니다. 아, 아니에요! 여러분은 여러분의 논리에서 흠집을 잡아내는 아이가 있다는 게 얼마나 당혹스러운 일인지 아세요? 투시는 나의 저작을 놓고, 나와 논쟁을 벌이기 일쑤였으니까요! 예를 들면, 내가 쓴 짧은 글 유대인 문제에 관하여 를 가지고도 그랬어요. 물론 나도 인정합니다만, 결코 이해하기 쉬운 글은 아니지요.

글쎄 엘레아노르는 이 글을 읽고, 즉각 내게 도전했어요. "왜 아빠는 유대인만 꼬집어 자본주의의 대표자라고 해요? 유대인만이 장사와 탐욕에 물든 건 아니잖아요."

그래서 내가 해명하려고 했지요. 내가 굳이 유대인만 꼬집어 말한 것이 아니라 그냥 그들을 생생한 본보기로 삼았을 뿐이라고 말입니다. 그랬더니 그 아이가 뭐라고 한 줄 아세요? 갑자기 유대인의 별을 달기 시작하더니 "나는 유대인이다" 하고 선언하는 겁니다. 그러니 내가 뭐라고 할 수 있겠어요. 그저 어깨를 한번 으쓱했죠. 그랬더니, 그 아이 하는 말, "그건 바로 유대인의 몸짓이에요!" 하지 않겠어요? 아, 도저히 당할 재간이 없었습니다!

투시는 우리 아버지가 기독교로 개종한 것도 알고 있었습니다. 독일에서 유대인으로 산다는 것은 현실적으로 도움이 안 되니까요…. 하긴 어디선들 유대인이라는 게 도움이 되겠습니까마는. 아버지는 내가 여덟 살 때 세례를 받게 했지요.

그런데 이 사실이 엘레아노르의 호기심을 자극했던가 봅니다. 엘레아노르가 묻더군요. "무어인(내 얼굴이 검다고 우리 식구들은 나를 무어인이라고 불렀습니다), 난 당신이 세례 받은 것 알아요. 그런데 그 전에 먼저 할례를 받았죠, 그렇죠?" 아, 이 소녀에게는 도대체 부끄러운 게 없었다니까요!

그럴 때는 정말 이 아이를 어떻게 해볼 도리가 없었습니다. 이 이야기도 한번 들어보세요. 엘레아노르는 유대인의 별과 함께 십자가도 걸치고 다녔습니다. 아니, 이 아이가 반한 것은 기독교가 아니라 아일랜드인과 잉글랜드에 대항한 그들의 반란이었답니다. 이 애는 엥겔스의 애인인 리지 번즈에게서 아일랜드인들의 투

엥겔스 (http://www.marxists.org)

쟁에 관한 이야기를 들었지요.

　리지는 노동자이고 글을 읽을 줄 몰랐습니다. 엥겔스
는 무려 아홉 개 나라의 말을 막힘없이 했지요. 그래서
혹시 두 사람 사이에 의사소통이 어렵지 않았을까 생각
할지 모르겠으나, 두 사람은 서로 사랑했습니다. 리지
는 아일랜드 독립운동에 적극적이었지요. 투시가 찾아

가면, 두 사람은 마룻바닥에 앉아 포도주를 들이켜며 곯아떨어질 때까지 아일랜드 노래를 부르곤 했습니다.

그러나 정말 끔찍한 밤도 있었습니다. 그 날 밤 영국 정부가 젊은 아일랜드인 두 사람을 목매달았거든요. 바로 소호에서요. 술에 취한 군중들이 그 광경을 보고 환호성을 지르고…. 오후에 우아하게 차를 마시고 공개 처형을 하는 저 품위 있는 영국인들이라니!

이제 여러분은 더 이상 사람을 교수형에 처하지 않는 걸로 알고 있습니다. 가스실로 보내거나 정맥에 독약을 주사하거나 전기로 태워 죽이기는 할망정 목을 매달지는 않지요. 훨씬 문명화된 셈이지요.

예, 그런데 그들은 아일랜드인 두 젊은이가 영국으로 부터 자유를 쟁취하기를 원한다는 이유로 목을 매달았 지요. 그 날 엘레아노르는 울고불고 야단이 났습니다.

그런 엘레아노르를 보고 이따금 나는 말하곤 했어요. "투시, 끔찍한 세상사에 그렇게 일찍 발을 들여놓을 필요 없어. 넌 이제 열다섯 살이야." 그러면 이 아이는 이렇게 대답하였답니다. "그게 바로 문제예요, 무어인. 내가 열세 살도 아니고 열네 살도 아니고 바로 열다섯 살이라는 것."

예, 엘레아노르는 열다섯 살이었습니다. 그래서 우리 아파트에 찾아오는 생기 넘치고 멋지게 생긴 남자들에게 푹 빠져 들었지요. 나는 그들의 명단도 만들 수 있어요. 엘레아노르는 그 이후 삶에서도 정치에서는 참 현명했는데 사랑에서는 참 바보였어요. 그 아이는 파리 코뮌의 영웅 리사가라이에게도 열광했지요. 그래도 그는 최소한 프랑스인이었어요.

예니첸이 좋아하는 녀석은 영국인이었답니다. 영국 사람은 꼭 영국 음식 같습니다. 더 말할 필요 있나요? 그리고 라우라도 애인이 있었어요. 라파르그(프랑스 사회주의자—옮긴이)라고. 헌데 이 녀석은 아무데서나 열정을 주체하지 못해 참 꼴불견이었어요. 아 글쎄, 사람들 앞에서 아무렇지도 않게 라우라의 엉덩이에 손을 갖다 댔으니까요. 그래서 내가 그를 나무라면, 이번에는 예

니가 두둔하고 나섰어요. "그 사람이 크리올(서인도 제도,
모리셔스 섬, 남아메리카에서 이주해온 백인) 출신이잖아.
그 사람 가족이 쿠바에서 프랑스로 온 것, 당신 몰라?"
마치 쿠바에서는 모든 사람이 애인 엉덩이를 쓰다듬는
다는 듯이!

   (한숨) 예니는 항상 나를 진정시키려고 애썼지요. 예,
그렇게 해서 나를 진정시켰는지는 모르겠습니다만 내
엉덩이에 난 뾰루지는 어쩌지 못했습니다. (얼굴을 찌푸린
다.) 여러분은 뾰루지 나본 적 있나요? 뾰루지 이놈보다
불쾌한 병은 없지요. 평생 동안 나를 괴롭혔으니까요.

   어디 그뿐인가요. *내 엉덩이에 난 뾰루지를*
가지고 나를 분석하려는 엉뚱한 시도까지 낳
았으니, 허 참.

   "마르크스가 자본주의에 분노한 것은 뾰루지 때문이
래요!" 내 참, 기가 막혀서!

   그럼, 저들은 뾰루지 한번 안 나본 혁명가는
다들 어떻게 설명할까요?

물론 저들은 항상 무엇이든 찾아내지요. 이 사람은 아버지에게 매를 맞고 자랐다. 저 사람은 열 살까지 엄마 젖을 먹었다. 그 사람은 배변 훈련을 받지 않았다 하면서요. 마치 착취를 증오하는 사람은 하나같이 비정상일 게 틀림없다는 듯. 저들은 정말이지 온갖 걸 다 갖다 붙이지요. 단 하나, 자본주의가 원래 인간의 정신을 멍들게 하기 때문에 반란을 불러일으킨다는 명백한 사실 하나만 빼고는….

예, 그리고 저들은 자본주의가 내가 살던 시대보다 인간다워졌다고 합니다.

정말입니까? 그렇지만 바로 몇 년 전에도──이건 신문에 난 겁니다──노스캐롤라이나에서는 닭고기 공장 주인들이 공장 문을 걸어 잠그고 여자 노동자들에게 일을 시켰지요. 왜요? 더 많은 이익을 내려고요. 그런데 공장에 불이 나는 바람에, 스물여섯 명이나 되는 사람들이 빠져나오지 못하고 불에 타 죽었습니다.

아마 내 뾰루지는 나의 분노 때문에 생겼을 겁니다.

그러나 뾰루지 난 엉덩이를 붙이고 앉아 한번 일해 보세요! 그리고 의사들에 대해선 내게 말하지 마세요. 의사들은 나보다 모른다니까요. 게다가 그건 내 뾰루지니까요. (맥주를 또 한 모금 마신다.)

나는 너무 아파서 도저히 잠을 잘 수가 없었습니다. 그러던 어느 날 놀라운 사실을 발견했지요. 뭐요? 물이랍니다. 예, 정말 간단하죠. 예니가 수건을 따뜻한 물에 적셔 내 엉덩이에 갖다 댔답니다. 시간마다 계속해서 말입니다. 내가 소리를 지르면 예니는 한밤중에도 일어나 따뜻하게 적신 수건으로 내 통증을 가라앉혀 주었지요…. 그리고 때로 예니가 없을 때는, 렌첸이 그 일을 하였고요.

(그가 말을 멈추고 잠시 생각에 잠긴다.) 예, 렌첸이요. 그러니까 우리는 소호에서 정말 찢어지게 가난하게 살고 있었는데, 예니 어머님께서 우리에게 렌첸을 보내주기로 했답니다. 아이들 키우는 거 거들어 주라고요. 그래서 우리는 온갖 가재도구를 전당포에 맡기러 다니

74

는 판국에, 갑자기 하녀가 생겼습니다.

귀족하고 결혼하면 그렇게 된답니다. 정작 궁한 건 돈인데, 처가에서는 절대 돈을 보내지 않습니다. 대신 값비싼 식탁보와 은그릇을 보내지요. 그리고 하인도요. 그러나 사실 그것도 나쁜 생각은 아닙니다. 하인에게 전당포에 가서 식탁보와 은그릇을 맡기고 돈을 좀 빌려 오라고 하면 되니까요. 렌첸도 그 짓을 몇 번이나 했지요….

그러나 렌첸은 결코 하녀가 아니었습니다. 아이들은 렌첸을 무척 좋아했지요. 그리고 예니도 그녀에게 엄청난 애정을 가지고 있었답니다. 예니가 아프면, 렌첸이 곁에서 온갖 수발을 다 들어주었습니다.

그러나, 예, 렌첸이 우리 앞에 나타나면서, 언제부턴가 예니와 나 사이에는 팽팽한 긴장감이 감돌기 시작했습니다. 어느 날 일이 생각납니다. 예니가 그랬어요.

"오늘 아침, 나 당신이 렌첸 바라보는 것 봤어."

"바라봐? 그게 무슨 말이야?"

헬레네 데무드(일명 렌첸)

"남자가 여자 바라보듯이 당신이 렌첸을 바라보는 것 봤다고."

"아니, 도대체 그게 무슨 말이야?" (그가 슬프게 고개를 젓는다.)

우리들 사이에 하나도 좋을 게 없는 대화 가운데 하나였지요.

이 모든 일이 딘 가에 있는 우리 아파트에서 일어나고 있었습니다. 그리고 그 바깥에는 런던이 있었지요….

여러분은 1858년의 런던 거리를 상상할 수 있겠습니까? 돈 몇 푼 벌기 위해 롤빵 몇 개 가지고 팔러 다니는 어린 소녀 행상, 원숭이를 데리고 다니는 거리의 풍각쟁이, 매춘부, 마술사, 불을 먹는 요술쟁이, 트럼펫을 불고, 종을 울리고, 허디거디(중세부터 18세기까지 사용된 류트 비슷한 현악기. 밑 부분에 달린 핸들을 돌려 연주함—옮긴이)나 풍금을 연주하는 거리의 행상, 브라스 밴드, 깽깽이를 켜는 사람 그리고 날이면 날마다 아일랜드 민요를 부르는 거지 소녀가 있었지요.

이 모습이 매일 저녁이면 내가 대영박물관에서 우리 집으로 가면서 막 켜진 가스 등불 아래를 걸으며 보고 들은 것입니다. 그리고 딘 가에 이르면 하수 오물로 뒤범벅된 진창길을 걸어 집으로 가야 했지요, 저들이 부유한 이웃 동네를 포장하는 데 들인 정성을 생각하면서. (한숨)

그러나 『자본론』의 저자가 자본주의 체제를 비판하는 글을 쓰면서 오물로 범벅이 된 길을 걷는 것도 어쩌면 당연하다는 생각도 드네요….

예니는 내가 진창길을 걷는 것에 대해 불평은 해도 나를 동정하지는 않았습니다. 그러면서 이렇게 말하곤 했지요. "그건 꼭 내가 『자본론』을 읽는 기분일 거야!"

예니는 항상 나의 가장 혹된 비평가였지요. 가차 없는 비평가. 아니, 어쩌면 정직한 비평가라고 해야 할지도 모르겠군요. 아마 정직한 비평보다 더 잔인한 것은 없을 겁니다.

그 책 때문에 예니는 애를 먹었지요. 예, 『자본론』 때문에요. (책을 집어 든다.) 예니는 내가 처음부터 상품과 사용가치, 교환가치를 논해서 사람들을 지루하게 만들어버릴까 봐 걱정했어요. 그녀는 책이 너무 길고 지나치게 상세하다고 말했지요. 아니, "지루하고 답답하다"는 표현을 썼어요. 우와, 그때 기분이 어땠을지 한번 상상해 보세요.

『자본론』 초판 표지(위), 노동자들과 토론하고 있는 마르크스와 엥겔스(아래, A Venetsian 1961)

예니는 내가 우리의 노동조합 친구 피터 폭스에게 그 책을 주었을 때 그가 한 말을 나에게 상기시키기까지 했어요. "내가 꼭 코끼리를 선물로 받은 것 같군."

예, 예니는 『자본론』이 꼭 코끼리 같다고 했습니다. 그래서 내가 이 책은 일반 대중을 겨냥해서 쓴 『공산당 선언』이 아니라고 말하려 했지요. 이것은 분석이니까.

그랬더니 그녀가 말했어요. "누가 분석하지 말래? 하지만 이것도 『선언』처럼 강력하게 외치란 말야."

"지금 하나의 유령이 유럽을 배회하고 있다——공산주의라는 유령이. 그럼 독자들이 얼마나 흥미진진해 하겠어…. 지금 하나의 유령이 유럽을 배회하고 있다!"

그러고는 나에게 『자본론』 첫 구절을 읽어주었지요. 물론 나를 고문하기 위해서랍니다. (마르크스가 탁자에서 책을 집어 들고 읽는다.)

"자본주의 생산양식이 지배적인 사회의 부는 엄청난 상품의 집적으로 나타난다."

예니가 그랬지요. *"독자들이 읽다가 잘 거야."*

그런데 한번 물어봅시다.

이 책이 그렇게 지루해요? (그가 생각한다.) 어쩌면 조금 지루할지도 모르지요. 그 점은 나도 예니에게 인정했습니다. 하지만 예니가 뭐라고 한 줄 아세요? "세상에 조금 지루한 건 없어."

그렇지만 오해하지는 마십시오. 예니도 『자본론』이 깊이 있는 분석서라는 것을 부정하지 않았으니까요. 『자본론』은 자본주의 체제가 어떻게 역사의 일정한 발전 단계에서 나타나, 엄청난 생산력 증가와 전세계 부의 어마어마한 증가를 가져왔는지 보여주고 있지요. 그리고 본성상 자본주의 체제는 그 부를 노동자의 인간성뿐 아니라 자본가의 인간성까지 파괴하는 방식으로 분배하게 된다는 것도. 그리고 자본주의 체제는 원래 자신의 무덤을 파는 사람들을 만들어내게 되어 있어, 결국은 훨씬 인간적인 체제에 자리를 내주게 되어 있다는 것도 보여줍니다.

그러나 예니는 항상 물었지요. "우리가 다가가려는

사람들에게 우리가 다가가고 있을까?"

어느 날 예니가 내게 말하더군요. "당신은 검열 당국이 왜 이 책의 출판을 허락했는지 알아? 이 책을 이해하지 못했기 때문이야. 그리고 다른 사람들도 그럴 거라고 생각하고."

그래서 내가 예니에게 『자본론』이 호평을 받고 있다는 사실을 일깨워 주었지요. 그랬더니 예니가 서평 대부분을 엥겔스가 썼다는 사실을 나에게 일깨워주더군요…. 그래서 내가 말했지요. 어쩌면 당신이 내 책에 그렇게 비판적인 건 나와의 삶이 행복하지 않은 탓일지도 모른다고 말입니다.

예니가 뭐라고 그랬는지 아세요? "참, 당신네 남자들이란! 당신은 지금 당신 책이 충분히 비판받을 수 있다는 사실을 인정하지 못하고 그걸 개인적인 문제로 돌리고 있어. 그래, 무어인, 나 당신에게 개인적인 감정 있어. 하지만 그건 별개의 문제야."

예, 개인적인 감정이 있었지요. 예니는 당시 매우

예니(1840년대 초)

힘든 시간을 보내고 있었습니다. 내 탓이라고 생각해요. 그러나 그녀의 고통을 어떻게 달래줘야 할지 모르겠더 군요.

여러분도 알다시피, 우리는 내가 열일곱이고 예니가 열아홉일 때 사랑에 빠졌지요. 갈색 머리에 검은 눈동자 의 예니는 정말 아름다웠습니다. 그리고 무슨 이유에선 지 예니의 가족도 나를 마음에 들어 했어요. 그들은 귀족이었습니다. 무릇 귀족은 지식인에게 깊은 감동을 받게 마련이지요. 예니 아버지와 나는 그리스 철학을 주제로 해서 장시간 토론을 하곤 했답니다. 나는 박사 논문을 데모크리토스와 에피쿠로스에 관해 썼지요. 그리고 나는 지금까지 철학자들이 세상을 해석만 해왔다는 사실을 깨닫기 시작했어요. 그러나 정작 중요한 것은 세상을 바꾸는 일이지요!

내가 독일에서 추방당했을 때, 예니가 나를 따라 파리에 왔고, 우리는 파리에서 결혼했습니다. 그리고 예니첸과 라우라를 낳았지요. 파리에서 우리는 행복했습니다.

먹고 살 건 없었어도 카페에서 친구들 만나 즐겁게 지냈지요. 친구들도 먹고 살 게 없기는 마찬가지였지만. 원래 초록은 동색이라고 끼리끼리 놀지 않습니까! 바쿠닌은 커다란 체구에 수염이 텁수룩한 아나키스트였고, 엥겔스는 잘생긴 무신론자였지요. 하이네는 성자 같은 시인이었고, 슈티르너는 정말 환경에 적응하지 못하는 사람이었습니다. 그리고 프루동은 말은 "재산은 도둑질한 것이다!"라고 하면서도 재산이 좀 있기를 바랐지요!

마르크스를 찾아 파리를 방문한 하이네(N. Zhukov)

파리에서 가난한 것과 런던에서 가난한 것은 전혀 다른 문제입니다. 우리는 두 아이와 함께 런던으로 옮겨 와 살았는데, 런던에 온 지 얼마 안 되어 예니가 또 임신을 했어요. 이따금 나는 예니가 늘 누군가 아파 드러누워 있는 춥고 습기 찬 아파트에서 아이들을 길러야 하는 처지를 내 탓이라고 생각한다는 느낌이 들었습니다.

그런데다 예니가 천연두에 걸렸지요. 물론 병은 다 나았지만, 그놈에 천연두는 예니 얼굴에 마마 자국을 남겼습니다. 나는 그래도 당신은 여전히 아름답다고 말하려 했지만, 소용없었어요.

나는 여러분이 예니를 알았으면 해요. 예니가 나를 위해 한 것은 이루 다 헤아릴 수가 없지요. 그리고 예니는 내가 여느 남자들처럼 쉽게 일자리를 얻을 수 없다는 것도 받아들였습니다. 예, 나도 한번은 시도를 했어요. 철도 회사에 사무원으로 일할 자리가 있는지 문의하는 편지를 썼거든요. 그런데 이렇게 답장이 왔더군요. "마르크스 박사님, 귀하께서 우리 회사에 일자리를 요청하시다니 영광입니다. 지금까지 우리 회사에서는 철학 박사님이 사무원으로 일한 적이 없거든요. 그러나 그 자리는 알아보기 쉬운 필체가 요구되어, 안타깝게도 귀하의 제안을 정중히 거절할 수밖에 없습니다."(그가 어깨를 으쓱한다.)

예니는 나의 생각을 믿었습니다. 그러나 그녀가 보기에 어쭙잖게 고고한 학자인 척한다 싶으면 도저히 참지 못했어요. 그래서 가끔 내게 말했어요.

"지상으로 내려오시죠, 헤어 독토르."

예니는 내가 잉여가치론을 평범한 노동자들도 이해할 수 있게 설명하기를 바랐습니다. 그래서 내가 말했어요. "먼저 노동가치설을 이해하지 않고서는, 그리고 왜 노동력이 생계유지비에 의해 그 가치가 결정되면서도 다른 모든 상품에 가치를 부여하는, 그것도 항상 노동력의 가치보다 더 많은 가치를 부여하는 특수한 상품인지 이해하지 못하고서는 어느 누구든 잉여가치론을 이해

할 수 없어."

그러면 그녀는 고개를 가로 저으며 말했습니다. "아니, 그러면 안 돼. 당신은 그냥 이렇게만 말하면 돼. 그러니까 여러분의 고용주는 여러분이 겨우 먹고 살수 있을 만큼만 임금을 준다. 그러니까 간신히 생존하면서 일을 할 수 있을 만큼만 주는 것이다. 그러나 고용주는 여러분의 노동력에서 여러분에게 지불하는 것보다 더 많은 것을 얻는다. 그래서 여러분은 계속 가난한데, 고용주는 갈수록 부자가 된다."

좋아요, 세계 역사에서 지금껏 나의 잉여가치론을 이해한 사람이 백 명밖에 안 된다고 칩시다. (열을 받아 격해진다.)

그러나 그래도 그건 분명히 맞는 이론입니다!

바로 지난주에도 나는 미국 노동부에서 발표한 보고서를 읽었습니다. 여러분의 노동자들은 갈수록 더 많은 상품을 생산하면서도 임금은 갈수록 더 적게 받고 있어요. 그 결과가 뭐지요? 바로 내가 예측한 대로예요.

이제는 미국에서 가장 부유한 상위 1퍼센트가 나라 전체 부의 40퍼센트를 거머쥐고 있어요. 그리고 이게 세계 자본주의의 가장 훌륭한 본보기라는 나라에서 그래요. 자기 국민들만 강탈하는 게 아니라 나머지 세계의 부도 빨아먹고 있는 나라에서요….

예니는 원래 복잡한 사상을 항상 단순하게 만들려고 했습니다. 그리고 나더러, *먼저 학자고 그 다음에 혁명가라고 비난했지요.*

그리고 내게 말했어요. "당신의 지식인 독자들은 잊어 버려. 그리고 노동자들에게 말해."

예니는 내가 오만하고 편협하다고 했습니다. "왜 당신은 부르주아 계급을 공격할 때보다 다른 혁명가를 공격할 때 더 격렬해?" 하며 그녀는 내게 물었지요.

예를 들면, 프루동의 경우가 그랬어요. 프루동, 이 사람은 자본주의가 거대한 산업을 발전시킨 것에는 일단 박수갈채를 보내고 그 다음에 그것을 접수해야 한다는 것을 이해하지 못했어요. 프루동은 우리가 더 단순한

프루동

사회로 후퇴해야 한다고 생각했지요. 그래서 그가 『빈
곤의 철학』이라는 책을 썼기에, 나는 『철학의 빈곤』으
로 응수했어요. 당연히 나는 현명한 처사라고 생각했지
요. 하지만 예니는 이런 나의 응수를 무례한 처사라고
생각했어요. (한숨) 예, 내가 아무리 발 벗고 뛰어도
예니의 인간성에는 못 따라가지요.

끈질기게 예니는 나더러 엉덩이 털고 일어나 런던

런던에서 연설하는 마르크스(http://www.marxists.org)

노동자들의 주장에 동참하라고 등을 떠밀었습니다. 내가 국제노동자협회 창립총회에 초청을 받아 강연하러 갔을 때도 나와 함께 갔지요. 1864년 가을이었어요. 세인트 마틴스 홀이 사람들로 가득 찼어요. 무려 2천 명이나 되었지요.

(몇 걸음 앞으로 걸어 나와 마치 수많은 군중을 향해 손을 벌리듯 손을 활짝 펼치며 침착하고 힘 있는 어조로 말한다.)

"범죄적이고, 민족적 편견에 기대고 있으며, 전쟁으로 국민의 피와 재산을 낭비하는 외교 정책에 맞서, 만국의 노동자는 단결해야 합니다. 국제 문제에서 도덕과 정의가 지켜져야 한다는 너무도 단순한 법을 지지하기 위해, 우리는 국경을 뛰어넘어서 연대해야 합니다…. 만국의 노동자여, 단결하라!" (잠시 멈춘다)…

예니는 나의 이런 모습을 좋아했습니다…. (맥주를 한 모금 마신다.)

예니는 수도가 끊어지고 가스가 끊어지는 더할 수 없이 힘든 상황에서도 살림을 꾸려나갔지요. 그러나 여성 해방 문제에서는 결코 지치지 않았습니다. 예니는 여성들이 집 안에만 머물러 밥하고 빨래하느라 생명력이 소진되고 있다고 말했답니다. 그래서 그녀는 집 안에만 머물러 있기를 거부했습니다.

그리고 내가 이론적으로는 여성해방론자이면서 실제로는 여성 문제를 등한시한다고 비난했지요. 그러면서 이러더군요. "당신과 엥겔스는 남녀평등에 관한 글을 쓰면서도 실제로는 남녀평등을 실천하지 않아."

음, 이에 대해서는 더 이상 말하지 않겠습니다….

예니는 잉글랜드에 대항하여 투쟁하는 아일랜드를 열렬히 지지했습니다. 한번은 빅토리아 여왕이 "아일랜드 사람들은 여느 문명국 국민들과 달리 정말 지겨운 사람들"이라고 말한 적이 있지요. 그러자 예니는 런던에 있는 한 신문사에 편지를 써서 보냈어요. "잉글랜드는 오직 자유를 원하는 아일랜드 반란자를 교수형에 처합니다. 잉글랜드는 문명국입니까?"

예니와 나는 정말 사랑했습니다. 이걸 여러분에게

어떻게 이해시킬 수 있을까요?

우리는 런던에서 아주 지옥 같은 시간을 보냈습니다. 이런 런던에서도 우리의 사랑은 여전했습니다. 그렇지만 언제부터인가 상황이 변했어요. 왜 그랬는지 모르겠어요.

예니는 자신이 더 이상 내가 사랑을 구하던 아름다운

마르크스와 엥겔스

여인이 아니라서 그렇다고 했습니다. 나는 그 말을 듣고 무척 화가 났습니다. 그랬더니 이번에는 예니가 렌첸 때문이라고 하더군요. 난 그 말에 더욱더 화가 났습니다. 하지만 예니는 내가 화를 내는 건 그게 사실이기 때문이라고 했습니다. 아, 그 말에는 정말 돌아버리겠더군요!

(그가 한숨을 푹 내쉬더니 맥주 한 모금을 들이켜고 탁자 위에 놓여 있는 신문을 본다. 그리고 한 장을 집어 든다.)

저들은 소비에트가 붕괴되었으니 공산주의도 죽었다고 합니다.

(고개를 설레설레 내젓는다.) 이 얼간이들은 공산주의를 뭐로 알지요? 동료 혁명가를 살해하는 암살자가 통치하는 체제가 공산주의라고 생각하는 것일까요? 바보 얼간이 같은 놈들!

이 따위 말을 하는 기자나 정치가들은 도대체 어떤 교육을 받았지요? 그들은 엥겔스와 내가 스물여덟, 서른 살에 쓴 『선언』을 읽어보기나 했을까요?

『선언』 집필 작업중인 마르크스와 엥겔스(V. Polyakov 1961)

(그가 탁자에 있는 책을 집어 들고 읽는다.) "낡은 부르주아 사회 대신에, 그 사회의 계급과 계급 갈등 대신에, 우리는 각 개인의 발전이 모든 사람의 발전의 조건이 되는 연합체를 갖게 될 것이다." 알겠어요? 연합체!

그리고 저들이 공산주의의 목표를 알기나 할까요? *개인의 자유! 동정심 있는 인간 존재로서 자신을 계발하는 것을!*

저들은 스스로 공산주의자나 사회주의자라고 말하면서 깡패처럼 행동하는 사람들이 공산주의가 뭔지 안다고 생각하는 것일까요?

자신과 의견이 맞지 않는 사람을 총살하는 것──그것이 어떻게 내가 평생을 바친 공산주의일 수 있습니까? 옛 동지들을 총살형 집행대 앞에 세우고 러시아에서 혼자 모든 권력을 틀어쥐었던 괴물, 마치 종교적 광신도처럼 나의 사상을 해석하기를 고집했던 그 괴물이 국민들에게 내가 『뉴욕 트리뷴』지에 기고한 편지를 읽을 수 있게 했겠습니까? 나는 그 편지에서 스스로 문명국가라고 부르는 사회에서는 결코 시형은 정당화될 수 없다고 썼습니다…. (성난 목소리로) 사회주의는 자본주의의 어리석음을 되풀이해서는 안 됩니다!

여기 아메리카에서도 여러분의 감옥은 사람들로 가득가득 차 있지요. 그 감옥 안에 누가 있을까요? 예, 가난한 사람들입니다. 물론 그 가운데 일부는 폭력적인 끔찍한 범죄를 저지른 사람들입니다. 그러나 대부분은 강도 아니면 도둑, 마약 판매자들이지요. 예, 그들도 자유 기업 체제를 신봉합니다! 그래서 자본가들이 하는 짓을 똑같이 하지요. 그러나 자본가들이 하는 짓에 비하면 새 발의 피지요….

(그가 다른 책을 집어 든다.) 여러분은 엥겔스와 내가 감옥에 대해 뭐라고 썼는지 알고 계십니까? "범죄를 저지른 개인을 처벌하기보다는 오히려 그와 같은 범죄를 낳은 사회 조건을 없애고, 개인이 저마다 자신의 삶을 향상시키는 데 필요한 사회적 조건을 마련해 주어야 한다." 이렇게 썼습니다.

아, 예, 우리는 '프롤레타리아 독재'에 대해서도 말했습니다. 그러나 당의 독재, 중앙위원회의 독재, 일인독재에 대해서는 말하지 않았습니다. 우리가 말한 것은 노동자 계급의 일시적인 독재였습니다. 프롤레타리아독재 아래서는 민중 대다수가 국가를 접수하여 모든사람을 위해 통치합니다──국가 자체가 필요 없어져점차 사라질 때까지 말입니다.

바쿠닌은 물론 의견이 다릅니다. 그는 국가는, 심지어 노동자 국가도, 군대와 경찰, 감옥이 있으면 전제정치가 될 거라고 말했습니다. 그는 정말 나와 논쟁하기를 좋아했지요.

여러분은 바쿠닌에 대해 아십니까? 예, 아나키스트바쿠닌 말예요. 만약 어떤 소설가가 그와 같은 인물을창조해 낸다면, 여러분은 그런 인물은 이 세상에 존재할수 없다고 할 겁니다. *바쿠닌과 내가 잘 지내지못했다고 표현하는 것은 정말 말을 아낀 거지요.*

엥겔스와 내가 브뤼셀에서 『선언』을 쓰고 있을 때, 그가 한 말을 어디 한번 들어보세요. *(마르크스가 탁자에서 문서를 집어 들어 읽는다.)* "마르크스와 엥겔스는, 특히 마르크스는 타고난 부르주아지다."

우리가 타고난 부르주아지였답니다! 물론 바쿠닌에 비한다면, 모든 사람이 부르주아지이지요. 바쿠닌은 돼지처럼 사는 길을 택했으니까요. 그래서 *만약 여러분이 돼지처럼 살지 않으면, 혹시 여러분의 머리를 덮어줄 만한 지붕이 있으면, 거실에 피아노가 있으면, 신선한 빵과 포도주를 좀 즐기면, 바쿠닌에게는 바로 여러분이 부르주아지입니다.*

나도 그가 용기 있는 사람이라는 건 인정합니다. 그는 감옥에 갇혔다가 시베리아로 유형을 떠나야 했고, 그곳에서 탈출하여 세계를 떠돌아다녔습니다. 가는 곳마다 혁명을 선동하려고 하면서 돌아다녔지요.

그는 무정부주의 사회를 원했지만, 그가 구축하는

바쿠닌

네 성공한 유일한 무정부주의는 다름 아니라 그의 머릿속에 있었습니다. 그는 볼로냐에서도 반란을 일으키기 시작하려다, 자신의 연발 권총에 맞아 거의 죽을 뻔했지요. 그의 혁명은 모든 곳에서 실패했지만, 마치 그는 사랑에 실패하면 더욱더 기를 쓰고 사랑을 찾아나서는 그런 사람 같았습니다.

여러분은 바쿠닌 사진을 본 적 있나요? 몸집이 매우 크죠. 아주 거구랍니다. 조그만 회색 모자로 가리고 다녔지만 대머리였고요. 그리고 턱수염을 텁수룩하게 기르고, 얼굴 표정이 무척 사나웠습니다. 바쿠닌은 이가 없었어요. 괴혈병에 걸려 이가 몽땅 빠져 버렸지요. 감옥에서 제대로 먹지 못한 탓이지요.

그는 이 세상에 사는 것이 아니라 그의 상상 속에 있는 어떤 세상에서 사는 것 같았습니다. 그는 돈에 무심했어요. 그래서 돈이 있으면 아무한테든 그냥 주어 버리고, 없으면 갚을 생각도 없이 무조건 빌려서 썼지요. 그는 집도 없었습니다. 아니, 어쩌면 온 세상이다 그의 집이었다고 할 수도 있겠습니다. 그는 동지들 집에 가면 커다란 목소리로 이렇게 말하곤 했답니다. "나 왔어— 난 어디서 자면 되지? 그리고 먹을 것 있나?" 그러고는 한 시간쯤 지나면, 집주인보다 더 편하게 지내고 있답니다.

한번은 소호에서도 그런 적이 있었어요. 우리가 저녁 식사를 하고 있는데, 바쿠닌이 불쑥 들어왔어요. 물론 노크도 하지 않고 말입니다. 그는 늘 저녁 식사 시간에 맞추어서 다른 사람들 집에 찾아가곤 했어요. 우리는 당연히 깜짝 놀랐지요. 그가 이탈리아에 있다고 생각했 거든요. 바쿠닌에 관한 소식이 들려올 때마다, 그는 늘 어딘가 먼 나라에서 혁명을 조직하고 있었습니다.

그런데 그가 문짝이 떨어져 나갈 정도로 벌컥 문을 열고 들어오더니, 주위를 휘익 둘러보고는 이도 없는 입을 헤벌쭉 벌리고 헤— 웃으면서 말했습니다. "안녕들 하신가, 동지들." 그러고는 미처 뭐라고 말할 사이도 없이 곧장 식탁에 앉아, 소시지와 고기를 덩어리째 게걸

스럽게 먹어대더군요. 치즈도 한 입에 가득 집어넣고 우물거리고는 연거푸 브랜디를 몇 잔 들이켰습니다.

그래서 내가 말했지요. "미하일, 포도주도 마셔 봐. 포도주는 많지만, 브랜디는 비싸단 말야."

아 그런데 글쎄, 그가 포도주를 조금 마시더니 바로 뱉어버리지 않겠습니까. 그러고는 하는 말이 "정말 되게 맛없네. 하지만 브랜디는 머리를 맑게 해주지" 하더군요.

그리고는 늘 그렇듯이 설교하고 주장하고 명령하고 외치고 훈계를 늘어놓기 시작했습니다.

정말 화가 나더군요. 그러나 "미하일!" 하고 외친 것은 예니였습니다. "미하일, 제발 그만 둬요! 당신 때문에 온 방이 다 떠내려가겠어요!"

그래도 그는 아랑곳없이 한바탕 너털웃음을 치고는 여전히 하던 짓을 계속 하더라구요.

바쿠닌의 머리에는 무정부주의라는 쓰레기가 가득 차 있었습니다. 낭만적이고 공상적인 어리석은 생각이지요. 나는 바쿠닌을 인터내셔널에서 쫓아내고 싶었습니다. 그렇지만 예니는 그건 말도 안 되는 소리라고 생각했어요. 그러면서 *왜 혁명가 집단은 여섯만 모이면 항상 누굴 제명하지 못해 안달이냐*고 말했습니다.

바쿠닌은 수도 없이 변장을 하고 다녔습니다. 유럽에 있는 모든 나라 경찰이 그를 찾고 있었으니까, 그럴 수밖에요. 런던에 있는 우리 집에 왔을 때도, 그는 성직자 차림으로 변장을 하고 있었습니다. 적어도 그는 그것이 성직자 차림새라고 생각하였지요. 하지만, 참 가관이더군요!

바쿠닌은 우리와 함께 일주일을 지냈습니다. 한번은 바쿠닌과 나는 잠도 안 자고 밤새도록 함께 마시고 논쟁하고 또 마셨지요. 우리 둘 다 도저히 걸음도 떼놓을 수 없을 때까지 마셔댔지요. 사실 나는 바쿠닌이 어떤 문제를 가지고 한창 열변을 토하고 있을 때 잠이 들어 버렸습니다. 그런데 그가 나를 마구 흔들어 깨우더니

(N. Khukov 1930s)

그러더군요. "내 이야기 아직 안 끝났단 말이야!"

파리에서 코뮌이 권력을 잡은 것은 1871년 겨울, 바로 그 영광스러운 때였지요…. 예, 파리 코뮌입니다. 바쿠닌은 그 커다란 몸집에 온몸을 다 바쳐 혁명에 뛰어들었답니다. 그러나 프랑스 사람들은 바쿠닌을 제대로 알아보았어요. 그래서 이렇게들 말했지요. *"혁명 첫날에는 바쿠닌이 보물이다. 그러나 두 번째 날 그는 총살당할 것이다."*

여러분은 인류 역사에서 일어난 저 위대한 사건, 파리 코뮌을 아십니까? 파리 코뮌은 아주 어리석은 행동이 도화선이 되었지요. 예, 난 지금 나폴레옹 3세에 대해 말하고 있답니다. 그래요, 보나파르트의 조카 말입니다.

한마디로 그는 어릿광대였습니다. 천 육백만 농민이 돼지우리나 다름없는 어두컴컴한 오두막에서 살고 그 자식들은 굶주림으로 죽어가고 있는데, 군중들을 향해 미소를 흘리는 연극배우 말예요. 그러나 그 나폴레옹 3세는 의회를 그대로 유지시키고 있었고 국민들이 투표를 했기 때문에, 사람들은 민주주의가 이루어지고 있다고 생각했지요…. 일반적으로 하기 십상인 착각이었지요.

보나파르트는 찬란한 영광을 원했습니다. 그리하여 비스마르크 군대를 공격하는 잘못을 저지르고 말았습니다. 그렇지만 그는 금방 무너져 버렸고, 이에 의기양양해진 비스마르크 군대는 파리로 진격했습니다. 하지만 그들을 맞이한 것은 총부리보다도 무서운, 침묵이었습니다. 그들은 파리의 조각상들이 상복을 걸치고 있는 것을 발견했지요. 눈에 보이지 않는 엄청난, 말없는 저항을 말입니다. 비스마르크 군대는 현명했습니다. 행진을 하여 개선문을 통과해서는 서둘러 떠났으니까요.

그리고 프랑스에는 다시 공화제가 들어섰습니다. 그렇지만 자유주의자들은——예, 그들은 스스로를 그렇게 불렀습니다——감히 파리로 들어오지 못했습니다. 그들은 두려움에 떨고 있었지요. 독일 군대가 떠나자 이제 파리는 노동자와 가정주부, 사무원, 지식인, 무장

한 시민들이 장악하고 있었으니까요. 그리고 파리의 민중은 정부가 아니라, 그보다 훨씬 영광스러운, 어떤 정부든 두려워하는, 즉 민중의 집단적 에너지인 코뮌을 형성했습니다. 이것이 바로 코뮌 드 파리였습니다!

프랑스 군대가 파리를 겹겹이 에워싸고 하시라도 쳐들어올 기세로 으르렁거리고 있을 때, 파리 시민들은 도시 곳곳에서 하루 24시간 내내 삼삼오오 무리를 지어 함께 토론하고 함께 결정을 내렸지요. 그리하여 파리는 세계 최초의 자유 도시, 전제 정치에 둘러싸인 세계 최초의 해방구가 되었습니다.

내가 바쿠닌에게 말했어요.

"내가 말한 프롤레타리아 독재가 뭔지 알고 싶어? 그럼 파리 코뮌을 봐. 그게 진짜 민주주의야."

선거가 일종의 서커스가 되어버린 영국이나 미국의 민주주의, 사람들이 결국은 구질서의 수호자 가운데 한 사람을 뽑아, 어떤 후보가 이기든 여전히 부자가 통치하는 나라의 민주주의가 아닌 진짜 민주주의 말입니다.

파리 코뮌, 그것은 몇 개월밖에 가지 못했습니다. 그렇지만 파리 코뮌은 인류 역사상 최초로 가난한 사람들을 대표한 합법적인 정치기구였죠. 파리 코뮌에서는 법이 가난한 사람을 위해 존재했습니다. 그래서 부채를 탕감하고, 집세의 지불을 유예하고, 전당포들에게는 가난한 사람들에게 가장 필요한 생활필수품을 되돌려 주게 했습니다. 코뮌 사람들은 노동자보다 월급을 많이 받는 것도 거부했습니다. 그리고 빵 굽는 노동자들의 노동 시간도 줄이고, 누구나 극장에 공짜로 들어갈 수 있는 방안도 계획했지요.

획기적인 그림으로 유럽을 강타한 위대한 화가 쿠르베는 예술가협회를 주도하였습니다. 그들은 박물관 문을 다시 열고, 여성 교육을 위한 위원회를 열었지요. 아! 여성 교육. 그래요, 그때까지만 해도 여성들의 교육 운운하는 것은 전대미문의 놀라운 사건이었습니다. 그

"내가 말한 프롤레타리아 독재가 뭔지 알고 싶어? 그럼 파리 코뮌을 봐. 그게
진짜 민주주의야."

들은 또 최신 과학 발명품인 기구(氣球)도 이용했습니다. 기구를 하늘 높이 띄워 파리 바깥에 사는 농민들에게 단순하지만 강력한 메시지, 세계 모든 곳에 있는 노동자들에게 보내야 할 메시지, "우리의 이해관계는 같다"는 메시지가 담긴 삐라를 뿌렸습니다.

코뮌은 *학교는 "아이들에게 자기와 똑같은 인간을 사랑하고 존중하도록 가르치는 것"이 목적*이라고 선언했습니다. 나는 여러분이 교육 문제를 놓고 끊임없이 토론하는 걸 들었습니다. 하지만 난센스! 그런 난센스가 없더군요. 학교에서는 자본주의 세계에서 성공하는 데 필요한 것은 모두 가르치지요. 하지만 젊은이들에게 정의를 위해 투쟁하라고는 가르치나요?

파리 코뮌을 세운 사람들은 그 점이 중요하다는 사실을 알았습니다. 그리고 그들은 말로만 가르친 게 아니라 행동으로 가르쳤습니다.

그들은 전제 정치의 도구이며. 심지어는 전제적인

혁명 정부의 도구로도 쓰였던 단두대를 없애버렸지요.

그리고 붉은 스카프를 두르고, 커다란 붉은 깃발을 펼쳐 들고, 붉은 비단 천으로 건물을 장식하고, 군사 권력의 상징이며 그 위에 나폴레옹 보나파르트의 청동 두상이 얹혀 있는 방돔 기둥 주위로 모여 들었습니다. 그리고 나폴레옹 머리에 도르래를 걸치고 캡스턴을 돌려, 청동 두상을 바닥에 떨어뜨려 박살을 냈지요. 그리고 이제 사람들이 그 위에 올라가니, 나폴레옹의 두상을 떠받치고 있던 받침대 위에 붉은 깃발이 휘날렸습니다. 그것은 이제 한 나라의 받침대가 아니라 온 인류의 받침대가 되었습니다. 그곳에 모인 사람들은 이 광경을 보고 기쁨의 눈물을 흘렸습니다.

예, 바로 그게 파리 코뮌이었습니다. 거리는 항상 사람들로 가득 찼고, 사람들이 모이는 곳에서는 언제나 토론이 벌어졌지요. 사람들은 서로 나누고 공유했습니다. 그들은 이전보다 훨씬 자주 웃는 것 같았습니다. 모두 친절하고 상냥했지요. 거리에는 경찰의 '경' 자도 보이지 않았지만, 안전했습니다. 예, 그것은 바로 사회주의였습니다!

물론 이런 본보기를, 파리 코뮌과 같은 본보기를 그냥 놔둘 수 없었겠지요. 마침내 공화국 군대가 파리로 진격해 들어와 대대적인 살육을 자행하기 시작했습니다. 코뮌 지도자들을 페르 라셰즈 공동묘지로 끌고 가 돌담에 줄지어 세워놓고 총살했지요. 그리하여 무려 3만

페르 라셰즈 공동묘지에서 총살당하는 코뮌 지도자들

명이 죽음을 당했습니다.

코뮌은 잔인하고 탐욕스런 사람들에 의해 무너졌습니다. 그렇지만 파리 코뮌은 우리 시대가 이룩한 가장 빛나는 성과였지요…. (테이블로 다가가 맥주를 조금 더 마신다.)

바쿠닌과 나는 마시고 논쟁하고, 또 마시고 논쟁했습니다. 내가 그에게 말했지요. "미하일, 자네는 프롤레타리아 국가라는 개념을 이해하지 못하고 있어. 우리는 한 순간에 과거를 모두 박살내는 오르가슴을 느낄 수 없어. 우리는 옛 질서가 남겨놓은 것을 가지고 새로운 사회를 건설해야 해. 그리고 그러려면 시간이 걸려."

그러자 그가 말했습니다. "아냐, 민중이 옛 질서를 무너뜨리고 바로 자유롭게 살아야 해. 그렇지 않으면 자유를 잃게 돼."

급기야 우리의 논쟁은 점점 사적인 감정으로 치우치고, 나는 더 이상 참지 못하고 분통을 터뜨렸습니다. "하긴, 너 같은 멍청이가 그걸 이해하겠어?"

브랜디는 역시 그에게도 효과가 있었습니다. 내 말에 그가 그랬지요. "마르크스, 넌 항상 그렇듯 역시 오만한 녀석이야. 이해하지 못하는 건 내가 아니라 바로 너야! 너는 노동자들이 네 이론을 바탕으로 혁명할 거라고 생각하지? 말도 안 되는 소리! 그들은 네 이론 따위엔 눈곱만큼도 관심 없어. 그들의 분노는 자연발생적으로 일어날 거고. 그들은 거창한 네 과학 없이도 혁명을 일으킬 거야. 그들은 혁명에 대한 본능을 타고났으니까." 그러더니 그가 분기탱천해서 소리쳤습니다. *"난 네 이론에 침을 뱉겠어!"*

그러면서 그가 바닥에 침을 뱉었습니다. 이런 돼지 같으니라고! 이건 해도 너무 하지 않았습니까. 그래서 내가 말했지요. *"미하일, 자넨 내 이론에 침을 뱉을 수는 있어도 우리 집 마룻바닥에는 침을 뱉을 수 없어, 당장 닦아!"*

그러자 그가 말했습니다. "거봐, 난 네가 불쌍한 사람을 괴롭히는 깡패 같은 녀석이라는 걸 진작부터 알고

있었어."

　그래서 내가 말했지요. "난 네가 내시 같은 놈이라는
걸 진작부터 알고 있었어."

　이 말에 그는 노발대발하며 으르렁거렸습니다. 마치
선사 시대 동물 같았지요. 그러더니 풀쩍 뛰어 나를
덮치는 겁니다. 여러분은 그의 몸집이 엄청나다는 걸
알아야 합니다. 우리는 마룻바닥을 뒹굴며 엎치락뒤치

락 한바탕 씨름을 했지만, 둘 다 너무 취해 막상 주먹 한번 제대로 날리지 못했습니다. 한참 동안 서로 엉겨붙어 씩씩거리다가 너무 지친 나머지 우리는 바닥에 그대로 뻗어버렸지요.

그런데 조금 있다 바쿠닌이 강물 위로 불쑥 몸을 내미는 하마처럼 그 거구를 일으키더니, 바지 단추를 풀고 창문 밖으로 오줌을 누지 않겠습니까. 나는 내 눈앞에서 벌어지고 있는 일을 도저히 믿을 수가 없었습니다. "아니 도대체 너 뭐하고 있는 거야, 미하일!"

"보면 모르냐? 네 창문 밖으로 오줌 갈기고 있다."

"정말 정나미 떨어진다, 미하일."

"흥분하지 마. 난 지금 런던을 향해 오줌을 갈기고 있는 거야. 대영제국 전체에 오줌을 뿌리고 있는 거라고."

"천만의 말씀! 넌 지금 우리 집 앞 길거리에 대고 오줌을 누고 있는 거야."

그러자 그가 아무 대꾸도 하지 않고 바지 단추를 잠그

더니, 그대로 마룻바닥에 드러누워 코를 곯아대기 시작했습니다. 나 역시 바닥에 눕자마자, 바로 정신을 잃었지요.

그렇게 몇 시간이 지나서 동이 트자 잠에서 깬 예니가 마룻바닥에 널브러져 있는 우리를 발견했지요. (말을 멈추고 맥주를 한 모금 마신다.)

예, 그들은 파리 코뮌을 그대로 놓아둘 수 없었습니다. 그들이 보기에 코뮌은 위험하기 짝이 없었으니까요. 온 세계를 뒤흔들 고무적인 사건이었으니까요. 마침내 그들은 코뮌을 피바다 속에 빠뜨려 익사시켜 버렸습니다.

그리고 지금도 마찬가지입니다. 세계 어디선가 사람들이——무슨 이데올로기 때문이 아니라 바로 자신의 삶에 분노하여——옛 질서를 밀어내고 새로운 생활 방식을 시도하려고 할 때마다 그걸 결코 가만히 놔두는 법이 없습니다. 이런 움직임이 있으면 그들이——여러분은 내가 말하는 그들이 누군지 알 겁니다——때로는 교활하고 은밀하게 때로는 대놓고 폭력적으로 파괴해 버리려고 들죠.

(신문을 보며) 그래서 그들이 계속 *"자본주의가 승리했다"*고 말하는 겁니다. 그런데 승리했다고요? 어째서요? 주식이 하늘 높을 줄 모르고 치솟고 주식을 소유한 사람들이 전보다 훨씬 부유해졌다고 해서? 승리했다고? *미국 어린이의 4분의 1이 빈곤에 허덕이며 살고 있고, 그 가운데 4만 명이 해마다 돌도 채 넘기지 못하고 죽는데?*

(신문에 실린 기사를 읽는다.) "뉴욕 시에서는 2천 개의 일자리를 놓고 그중 하나를 얻기 위해 동이 트기 전부터 10만 명이 줄을 섰다." 그럼 일자리를 찾지 못하고 돌아서는 9만 8천 명은 어떻게 되지요? 그래서 여러분은 감옥을 더 짓고 있는 건가요? 예, 자본주의는 승리했습니다. 그런데 누구에게요?

여러분은 과학기술에서 엄청난 발전을 이루었고 사람을 성층권에도 보냈지만, 지상에 남은 사람들은 어떻

"예. 자본주의는 승리했습니다. 그런데 누구에게요?"

게 되었나요? 왜 그들은 그렇게 두려워하지요? 왜 마약에 빠져 들고, 술에 빠져 들고, 왜 그렇게 광포해져서 사람을 죽이지요? (신문을 든다.) 예, 신문에 그렇게 써 있어요.

여러분의 정치가들은 자만심에 빠져 있습니다. 그들은 바야흐로 세계는 '자유 기업 체제'로 나아갈 거라고 말합니다.

그런데 그 동안 모두들 바보가 되었나요? 그들은 자유 기업 체제의 역사를 전혀 모르는 겁니까? 정부가 부자들을 위해서는 모든 걸 다하면서 민중을 위해서는 아무것도 하지 않던 그 때를요? 여러분의 정부가 철도 회사에는 수천 만 에이커에 이르는 천문학적인 숫자의 땅을 무상으로 주면서도, 그 철도에서 중국과 아일랜드 이민자들이 하루 12시간씩 노동하며 더위와 추위를 못 이겨 죽어가는 것은 못 본 체하던 때 말입니다. 그리고 노동자들이 파업을 하고 반란을 일으키면, 정부가 나서서 그 노동자들을 박살내기 위해 군대를 보내던 그 때를요.

내가 본 자본주의의 참상, '자유기업체제' 의 참상 때문이 아니라면 대체 내가 왜 『자 본론』을 썼겠습니까? 영국에서는 아이들도 그 고 사리 같은 손가락으로 방추를 다룰 수 있다고 어린아이 들을 방직 공장에 보냈고, 미국에서는 어린 소녀들이 열 살에 매사추세츠에 있는 공장에 들어가 노예와 같이 일하다가 스물다섯에 죽었습니다. 도시는 악과 빈곤의 소굴이었습니다. 이것이 자본주의입니다, 예나 지금 이나.

예, 나는 여러분의 잡지와 영화에서 광고해 대는 사치 품들도 보았습니다. (한숨을 푹 내쉰다.) 영화나 잡지에는 온통 그런 사진만 나오지요. 그런데 여러분은 보는 건 많은데 아는 게 너무 없어요!

어디, 역사 읽는 사람 누구 없습니까? (화가 나서) 요즘은 학교에서 도대체 뭘 가르칩니까? (그 때 위협하듯 불이 번쩍인다.) 저들은 참 민감하지요!

예니가 그립습니다. 예니라면 이 모든 것에 대해 뭐라

124

(N. Khukov 1930s)

고 말해 줄 텐데. 나는 예니가 병이 들고, 비참해지고, 결국 죽는 걸 지켜보았습니다. 그렇지만 예니는 우리가 즐거웠던 때를, 우리가 황홀했던 때를 또렷이 기억하고 있었습니다. 파리에서요. 그리고 심지어 소호에서도 우리에게는 그와 같은 때가 있었죠..

아, 딸들도 그립군요….

(다시 신문을 집어 들고 읽는다.) "걸프전 기념일. 짧지만 달콤한 승리." 예, 나도 이런 짧고 달콤한 전쟁에 대해 압니다. 들판에는 수천 구의 시체가 나뒹굴고, 아이들은 먹을 것이 없고 치료할 약이 없어 죽어가는 전쟁에 대해서 잘 알죠. (신문을 흔든다.) 유럽에서, 아프리카에서, 팔레스타인에서, 사람들이 국경을 넘어 서로 죽고 죽이는 전쟁. (그가 괴로워한다.)

여러분은 내가 150년 전에 한 말을 못 들었습니까? 이 말도 안 되는 국경을 없애버리세요! 더 이상 여권도, 비자도, 국경 수비대도, 연간 이민 할당수도 없어져야 합니다. 더 이상 국기도, 국가라는 인위적인 실체에 충성을 맹세하는 일도 없어져야 합니다. 세계의 노동자여, 단결하라! (그가 엉덩이를 움켜쥐고 이리 저리 걸어 다닌다.) 에이 빌어먹을, 엉덩이가 또 날 죽이는군….

고백하건대, *나는 자본주의가 용케 살아남는 재간이 있다는 것은 미처 고려하지 못했습니다.* 게다가 이 병든 체제를 살아남을 수 있게 해주는

"나도 이런 짧고 달콤한 전쟁에 대해 압니다. 들판에는 수천 구의 시체가
나뒹굴고, 아이들은 먹을 것이 없고 치료할 약이 없어 죽어가는 전쟁에 대해서
잘 알죠."

마약이 있을 거라고는 상상도 하지 않았고요. 전쟁이 산업을 계속 유지시키고, 사람들을 애국심에 불타게 함으로써 자신들의 비참한 상황을 잊게 하리라는 것도. 그리고 종교적 광신도들이 대중들에게 예수가 돌아올 거라고 약속하리라는 것도 말입니다. (고개를 젓는다.) *나는 예수를 압니다. 그는 돌아오지 않을 겁니다…*.

1848년에 나는 자본주의가 몰락하고 있다는 생각을 했습니다. 틀렸지요. *하지만 그건 시기를 좀 제대로 못 맞혔을 뿐입니다. 한 200년쯤 후에는…*. (빙그레 웃는다.)

그렇지만 자본주의는 변할 겁니다. 현재의 체제가 모두 변할 겁니다. 사람들은 바보가 아니니까요. 나는 여러분의 링컨 대통령이 사람들 모두를 영원히 속일 수는 없다고 말한 것을 기억합니다. 그들의 상식, 품위와 정의를 추구하는 그들의 본능이 그들을 하나로 뭉치게 할 것입니다.

비웃지 마세요! 이와 같은 일은 전에도 일어났고, 따라서 다시 일어날 수 있습니다. 이번에는 훨씬 더 큰 규모로. 그리고 그런 일이 일어나면, 사회의 통치자들은 자신들이 가진 모든 부와 자신들의 모든 군대로도 결코 막지 못할 겁니다. 통치자들을 받들던 하인들이 더 이상 그들을 위해 일하지 않고, 그들의 군대가 더 이상 그들의 명령에 따르지 않을 테니까요.

예, 자본주의는 인류의 역사에서 그 유례를 찾아볼 수 없는 놀라운 성과를 달성했습니다. 과학기술에서 놀라운 기적을 낳았지요. 그러나 자본주의는 자신의 무덤 또한 파고 있습니다. "더, 더, 더!"를 외치며 계속해서 더 많은 이익을 추구하고자 하는 자본주의의 탐욕은 세상을 혼란의 구렁텅이에 빠트립니다. 자본주의는 모든 것을 사고 팔 수 있는 상품으로 만들어 버리지요. 예술, 문학, 음악, 심지어는 아름다움 자체까지 말입니다.. 그리고 자본주의는 인간도 상품으로 만들었습니다. 그래서 공장 노동자뿐 아니라 의사, 과학자, 법률가,

시인, 화가도 생존하기 위해서는 모두 자신을 팔아야 합니다.

그런데 이 사람들이 모두 자신이 노동자이고 따라서 공동의 적이 있다는 사실을 깨달으면 어떻게 될까요? 그럼 자신을 실현하기 위해, 자신의 진정한 욕구를 실현하기 위해 다른 사람들과 연대할 것입니다. 그것도 자기 나라에서만이 아니라 국경을 넘어서요. 왜냐하면 자본주의는 세계 시장이 필요하니까요.

자본주의가 왜 '자유 무역!'을 외치는지 아세요? 더 많은 이익을 내기 위해서는, 이 지구상 어디든지 마음대로 돌아다닐 필요가 있기 때문입니다. 그러나 그럼으로써 자본주의는 자기도 모르는 사이에 세계 문화를 만들어내지요. 사람들이 역사상 유례가 없을 정도로 빈번하게 국경을 넘나들게 됩니다. 그러면 여기서 새로운 것이 나오게 되어 있습니다. (잠시 말을 멈추고 생각에 잠긴다.)

1843년에 내가 예니와 파리에서 살 때, 내 나이 스물다섯 살이었죠. 그때 나는 새로운 산업 사회에서는 사람

들이 자신의 일에 만족하지 못하고 자신의 일에서 소외된다고 썼습니다. 그리고 기계와 매연, 악취, 소음이 사람들의 감각에 침투하면서——사람들은 이것을 이른바 진보라고 부릅니다만——자연으로부터도 소외되지요. 사람들은 또 살아남기 위해 발버둥치며 서로 적대하면서, 만인 대 만인의 투쟁이 일어나면서, 서로에 대해서도 소외됩니다.

그리고 마지막으로, *자신의 삶이 아닌 삶을 살면서, 자신이 정말 살고 싶은 삶을 살지 못하면서, 그런 삶은 꿈이나 환상 속에서나 가능하기 때문에, 사람들은 자기 자신으로부터도 소외되지요.*

그렇지만 그럴 필요가 없습니다. 여전히 선택할 수 있는 가능성이 있으니까요. 예, 물론 나도 그것이 가능성일 뿐이라는 걸 인정합니다. 이제는 그게 분명해졌습니다. 나는 지나치게 확신을 가지고 있었지요. 그러나 이젠 나도 압니다. 무슨 일이든 일어날 수 있다는 것을.

그러나 사람들은 엉덩이 털고 일어나야 합니다. 떨쳐 일어나야 합니다!

여러분에겐 내 말이 너무 래디컬하게 들리세요? 그러나 명심하세요. *래디컬하다는 것은 바로 문제의 뿌리를 파악한다는 것입니다. 그리고 그 뿌리가 바로 우리입니다.*

내가 제안 하나 하겠습니다. 일단 여러분 엉덩이에 뾰루지가 났다고 가정하세요. 그래서 엉덩이 붙이고 앉아 있으면 너무 아파서 당장 일어날 수밖에 없다고 생각하세요. 여러분은 움직여야 합니다, 행동해야 합니다.

이제 더 이상 자본주의니 사회주의니 하는 말은 하지 맙시다. 그냥 이 지구의 엄청난 부를 인류를 위해 쓰자고 합시다. 사람들에게 필요한 것을 주도록 합시다. 식량과 의약품, 깨끗한 공기와 맑은 물, 나무와 풀, 즐거운 가정, 몇 시간의 노동과 그보다 많은 여가 시간을 줍시다. 그리고 그걸 누릴 자격이 있는 사람은 누구냐고 묻지 마세요. 인간은 누구나 그럴 자격이 있으니까요.

자, 이제 가야 할 시간이군요.

(소지품을 주섬주섬 챙겨든다. 그리고 나가다 돌아선다.)

내가 다시 돌아와 여러분의 심기를 건드려서 화가
나는가요? 그러지 말고 이렇게 생각하세요. 이것은 재
림이라고. 그리스도는 재림하지 못했지만, 마르크스는
했습니다….

부록

『마르크스 뉴욕에 가다』에 대한 도움말

* 역사모노드라마 〈마르크스 뉴욕에 가다〉(원제 Marx in Soho)에 대하여

이 연극은 1995년 워싱턴 D. C에 있는 처치 스트리트 극장(Church Street Theater)에서 처음 공연되었다. 1996년에는 미네소타에 있는 칼턴 칼리지와 맨케이토 주립대학에서 공연되었으며, 1997년에는 노스캐롤라이나 주 애슈빌에 있는 브로드웨이 아트센터에서 무대에 올렸다. 1998년에는 매사추세츠 주에 있는 보스턴 대학에서 낭독회도 가졌다.

이 연극의 창조적인 공연을 위해서는 하워드 진에게 연락해 허락 받기 바란다. 연락처는 South End Press, 7 Brookline Street, Suite 1, Cambridge, MA 02139-4146 이다.

연극 〈Marx in Soho〉의
공연 모습. 사진은 마르크
스 역을 열연하는 배우 브
라이언 존스
(ⓒ David Sommer)

* 파리 코뮌(Paris Commune)

루이 보나파르트 시대의 프랑스는 1871년에 프랑스-프러시아 전쟁에서 패배한 후, 독일에 혹독한 대가를 치르고——독일의 파리점령——이 전쟁을 끝냈다.

파리 노동자들은 독일의 점령에 분노하였고 독일 군대에 협력하는 것을 단호히 거부하였다. 노동자들은 용감하게 싸워서 독일이 점령한 지역은 파리 소구역의 몇 군데 공원에 불과했다.

3월 18일, 새로 들어선 프랑스 정부는 독일을 향해 파리 노동자들은 무장을 하지 않고 독일에 대해 저항하지 않을 것임을 보장해 주기 위해, 파리 내 무장부대를 무장해제 시키고자 파리로 군대를 진격시켰다. 그러나 파리 노동자들은 평화적인 방법으로 프랑스 군대에 무기를 건네주는 것을 거부하였다. 이에 프랑스 정부의 '국가방위부'는 파리와의 전쟁을 선포하였다.

1871년 3월 26일, 대중들의 지지물결 속에서 노동자와 군인들로 구성된 시의회——파리 코뮌——가 선출되었다. 프랑스 정부에 의해 신속하고도 잔인하게 진압당한 들불, 프랑스 노동자들에 대한 지지가 프랑스 곳곳으로 급속도로 퍼져나갔다.

3월 30일, 코뮌은 징병제도와 상비군을 폐지하고, 국가수비대(National Guard)가 단일 군대가 될 것이라고 선언하였다. 무기를 다룰 줄 아는 시민이라면 누구나 국가수비대에 자원할 수 있었다.

또한 코뮌은 1870년 10월부터 이듬해 4월까지 주택임대료의 지불을 감면해 주었으며, 파리 내 전당포들의 저당물의 판매를 일절 중단시켰다. 같은 날 코뮌에 선출된 외국인들의 재직이 승인되었다. 왜냐하면 "코뮌의 깃발은 세계 공화국의 깃발이기" 때문이었다.

4월 1일, 코뮌의 피고용인이나 코뮌 멤버가 받는 최고 급여는 6천 프랑을 초과할 수 없다는 결정이 내려졌다. 이튿날 코뮌은 국가와 종교의 분리를 공포하였다.

사흘 후 4월 5일에는 베르사유 군대에 포위된 코뮌 전사들의 치열한 총격전에 대한 응답으로 죄수를 방면

한다는 포고령이 발표되었다.

6일에는 대규모로 운집한 군중들 속으로 기요틴을 끌어내어 공개적으로 불태웠다.

12일 코뮌은 빵 굽는 사람들의 야간노동과 모든 노동자들의 등록 카드를 폐지하였으며, 4월 30일 코뮌은 전당포가 사적인 노동 수탈이라는 입장에서 모든 전당포의 폐쇄를 명령했다.

코뮌이 건설된 지 석 달도 채 안되어 파리 시는 프랑스 정부가 소집할 수 있는 군대 중 가장 강력한 군대로부터 공격을 받았다. 파리의 거리들에서 수천 명의 군인들이 쏘아대는 총격에 의해 3만 명의 비무장 노동자들이 학살당했다. 수천을 헤아리는 사람들이 체포되었다. 7천 명이 프랑스로부터 영원히 추방당했다.

불과 8일 동안의 전투 끝에 코뮌의 최후 방어선이 무너지고, 이어서 정부군의 만행에 분노한 무방비 상태의 남자와 여자와 아이들에 대한 학살이 극에 달했다. 그보다 더 빠른 속도로 사살할 수 없을 정도로 쉼 없이 총격이 가해졌고 사로잡힌 노동자들은 소나기처럼 퍼부어대는 기관총 세례를 받으며 스러져 갔다.

3만여 파리 시민들이 학살을 당했다. 마지막 학살이 극에 달했던 페르 라셰즈 공동묘지에 있는 '파리 코뮌 지지자들의 벽'(Wall of the Communards)은, 노동자 계급이 자신들의 권리를 지지하는 바로 그 순간 지배 계급이 드러내는 야만성을 말없이, 그러나 우아하게 증언하며 오늘도 서 있다.

파리 코뮌 지지자들의 벽(Wall of the Communards)

* 엥겔스(Engels)

엥겔스는 1820년 11월 28일 바르멘에서 태어났다. 엥겔스는 상업에 종사하여 37년부터 41년까지 서기로 일했다.

자원병으로 1년 동안 군복무를 한 후, 그는 1843년 맨체스터에 있는 아버지의 사업에 뛰어들어 1844년까지 그곳에서 머물렀다. 1845~48년에 그는 마르크스와 함께 브뤼셀에서 살았으며 1848년부터 49년까지는 파리에서 살았다.

그는 콜로뉴에 있는 『신라인신문』(*Neue Rheinische Zeitung*)에 근무했으며, 그해 6월과 7월에 '빌리흐 자원부대'의 장교로 남부 독일의 반란에 참여했다. 그 후 잠깐 동안 런던에 머물렀다가 1850년에 맨체스터의 아버지 사업에 다시 참여하여 처음에는 서기로, 1846년부터는 공동 경영인으로 일했다.

1869년에 사업에서 완전히 손을 떼었으며, 1870년부터 엥겔스는 런던에서 살았다.

* 르파르게(LeFargue)

물리학자이자 프랑스 사회주의자이며, 마르크스주의 역사에 관한 저서 몇 권을 집필하였다. 또한 1879년에 창설된 프랑스 노동자당의 건설자 가운데 한 사람이다.

르파르게와 라우라 마르크스

르파르게는 국제노동자협회(제1차 인터내셔널)의 멤버였으며, 1866~68년에는 스페인 통신원을 지내면서 프랑스와 스페인, 포르투갈에 인터내셔널 지부를 공동 창설하였다.

르파르게는 라우라 마르크스와 결혼하였다.

* 미하일 바쿠닌(Mikhail Bakunin)

러시아 귀족이자 전형적인 혁명 선동가인 미하일 바쿠닌은 19세기 아나키스트들 가운데 가장 유명하고 중요한 인물이다.

바쿠닌은 또 청년 헤겔주의자이기도 했는데, 청년 헤겔주의는 국가를 악의 표상으로 간주하면서 헤겔의 국가 개념을, 물구나무서서 '지상을 걸어가는 신'으로 표현하였다.

맨 처음으로 '민주적 범슬라브주의'를 주창하였으며 나로드니크의 멤버였다. 나로드니크는 차르 전제 정치에 대항할 무기로서 테러를 옹호하였으며, 러시아 촌락 공동체를 토대로 한 공산주의 형태의 사회 건설을 추구하였다.

바쿠닌은 사회주의를 받아들였으며, 반란을 선동하

는 비밀조직 결성의 타고난 조직가로 악명이 높았다. 그러나 바쿠닌은 프루동을 가장 좋아하는 스승으로 생각하였으며, 아나키즘의 창시자로 인식하였다.

1866년에 바쿠닌은 국제노동자협회(제1차 인터내셔널)에 참여하여 제임스 기욤(James Guillaume), 에리코 말라테스타(Errico Malatesta) 등과 함께 인터내셔널 내에 아나키스트 진영을 건설하였다.

1871년 파리 코뮌이 무너진 후 반동의 물결이 유럽 대륙을 휩쓸자, 바쿠닌은 1872년 헤이그 회의에서 인터내셔널로부터 축출당했다. 그는 1876년에 사망했다.

* 피에르-요제프 프루동(Pierre-Joseph Proudhon)

"사유재산은 독립적으로 존재하지 않는다. 사유재산에 생명을 불어넣기 위해서는 반드시 외적 요소──권력이나 기만──가 필요하다. …사유재산은 비존재, 망상, 무(nothing)이다…."

프루동은 헤겔의 관념을 사용하여 정치경제학에 대

획기적인 그림으로 유럽을 강타한 위대한 화가 쿠르베가 그린 프루동

한 급진적(radical) 비판을 최초로 시도한 사람이었다. 이 연구는 『사유 재산이란 무엇인가?』(*What is Property*) 에서 처음으로 시작되었으나, 그의 가장 유명한 저서는, 마르크스의 저 유명한 『철학의 빈곤』(*Poverty of Philos-ophy*)의 주제인 『빈곤의 철학』(*Philosophy of Poverty*)이다.

아마 프루동의 관념은 1871년 파리 코뮌의 참가자들

사이에서 가장 막강한 영향력을 발휘하였을 것이다. 프루동의 관념은 근원적으로 아나키즘 형태를 취하고 있으며, 자급자족의 지속 가능한 공동체에서 지역 교환 체제를 이용하면서 살아가는 소생산자들의 세계를 그리고 있다.

그래서 흔히 프루동의 사상은 '프티부르주아 아나키즘'이라고 불리기도 하는데, 그 이유는 그 이상형이 자급자족적인 독립 소유 형태이고 자영 상인이나 영세 사업가에게 설득력을 가지기 때문이다. 자본주의 사회에서 이들 자영 상인이나 영세 사업가들의 증오의 대상은 대자본이다.

* 엘레아노르 마르크스(Eleanor Marx)

마르크스의 막내딸 엘레아노르(투시) 마르크스는 1855년 1월 16일 런던에서 태어났다. 매우 명민한 아이였던 엘레아노르는 주로 아버지에게서 교육을 받았으며, 세 살 때 셰익스피어의 문장들을 암송할 정도였다.

　딸을 '친구이자 동료'
로 대해 주었던 마르크스
는 어린 엘레아노르와 영
어뿐 아니라 독일어와 프
랑스어로 이야기를 주고
받을 수 있었다.

　열여섯 살이 되자, 엘
레아노르는 마르크스와
함께 사회주의 국제위원회에 참석하는 등 아버지의 비서
역할을 하였다. 열일곱에 엘레아노르는 프랑스의 저널
리스트 이폴리트 리사가레이(Hippolyte Lissagaray)와
사랑에 빠졌다. 리사가레이와 마르크스는 정치적 입장
을 같이했지만, 마르크스는 그와 딸의 관계를 허락하지
않았다. 리사가레이의 나이가 엘레아노르보다 두 배나
많은 서른네 살이었기 때문이다.

　엘레아노르는 리사가레이와 협력하여 그가 『1871년
코뮌의 역사』(History of the Commune of 1871)를 집필할

수 있게 도와주었다. 마르크스는 이 책을 영어로 번역할 정도로 리사가레이의 책을 좋아했지만, 여전히 리사가레이와 딸의 관계를 허락해 주지 않았다.

1876년에 엘레아노르 마르크스는 여성 평등권 운동에 뛰어들었으며, 이때 그녀는 런던 스쿨 이사회의 한 여성후보가 의석을 확보할 수 있도록 지원해 주었다. 1880년 마침내 마르크스는 엘레아노르와 이폴리트 리사가레이의 결혼을 허락해 주었다. 그렇지만 이 무렵 엘레아노르는 리사가레이와의 관계에 대해 회의를 하고 있었으며, 1882년 1월에 그녀는 리사가레이와의 오랜 교류를 끝냈다.

1880년대 초에 엘레아노르는 나이 든 부모를 돌보았다. 어머니 예니는 1881년 12월에 세상을 떠났고 아버지는 1883년 3월에 눈을 감았다. 마르크스는 죽기 전에 엘레아노르에게 미완성 원고들을 마무리하는 임무를 주었다. 또 엘레아노르에게는 『자본론』(*Das Kapital*)의 영어판 출판을 처리하는 임무도 있었다.

1884년에 엘레아노르는 에드워드 에이블링(Edward Aveling)과 교제하기 시작하였다. 두 사람은 정치적 견해와 종교에 대한 시각을 공유하였으며, 에이블링은 이 주제들에 대한 강의로 생계를 꾸려나갔다. 에이블링은 기혼자였기 때문에 엘레아노르는 그와 사실혼 관계로 살았다.

* 막스 슈티르너(Max Stirner)

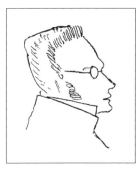

엥겔스가 그린 슈티르너

1839년에 슈티르너는 베를린의 명문 여학교에 문학 교사로 일했다. 1841년 슈티르너는 히펠 바인스튜베에서 좌파 헤겔주의자 그룹 '자유'(Die Freien)에 가입하였다. 1842년에는 여러 편의 신문기고문 이외에도 『라인신문』(der Rheinische Zeitung)에 우리 교육제도의

허구성 (Das unwahhre Prinzip unserer Erziehung)과 예술과 종교 (Kunst und Religion)를 기고하였다. 이 두 편의 글에는 슈티르너의 사상의 지향점이 선명하게 드러난다.

1843년에 슈티르너는 마리 댄하르트와 결혼하였다. 1844년 말에 슈티르너의 대작 『자아와 그 자신』(Der Einzige und Sein Eigentum)이 인쇄되어, 검열을 피하기 위해 서적상들에게 신속하게 배본되었다. 이 책은 1845년에 출판된 것으로 되어 있다.

1844년에 슈티르너는 교사직을 그만두었다. 『자아와 그 자신』을 출판한 이후로 슈티르너는 자신의 비판에 대한 답변으로, 자신의 철학을 잘 묘사한 두 편의 글을 썼다. 슈티르너의 마지막 저서는 1852년에 발간된 『반동의 역사』(Geschichte der Reaktion)이다.

말년의 슈티르너는 늘 빚쟁이들을 피해 다니면서 궁핍한 생활을 한 것으로 알려져 있다. 그는 베를린에서 두 번이나 빚쟁이들에게 감금당하기도 했다. 그러나 그가 어머니로부터 유산을 받게 되어, 말년으로 갈수록 풍족한 생활은 아닐지라도 남부럽지 않은 생활을 할 만큼 형편이 다소 나아졌다는 주장도 있다. 그의 사교활동으로는 폰 데르 골츠 남작부인의 살롱을 드나든 것도 포함된다. 이 살롱에서 그는 '급진적인 발언'을 하였다고 한다.

1856년 5월에 슈티르너는 벌레에 쏘여 열병에 걸려 그해 6월 25일에 죽었다.

* 하인리히 하이네(Heinrich Heine)

독일의 가장 위대한 서정 시인의 한 사람인 하이네의 삶의 이력은 다채롭다. 하이네는 사업에 실패한 후 법률 공부를 하지만 적성에 맞지 않는다는 것을 알고 결국 역사와 문학으로 전공을 바꾸었다.

그가 처음 발표한 시와 희곡들은 사람들에게 그를 젊은 낭만주의자로 각인시켰다. 라헬 바른하겐 폰 엔제의 문학 살롱에서 하이네는 그중에서도 특히 푸케와 샤미소, 호프만, 그라베, 이메르만과 교제하였다. 이들 가운데 몇 사람은 평생의 친구가 되었고 또 몇 사람은 철천지원수가 되었다.

자유주의에 대한 공감 때문에 정치적으로 치욕을 당하고 독일에 환멸을 느낀 하이네는 파리로 가서(1831), 그곳에서 한때 생시몽주의자가 되어 프랑스 혁명의 사회적 이상을 지지하였다. 혁명적 문학운동 '청년 독일'의 맹렬한 활동가로서 하이네는 파리에서 독일로 프랑스 혁명의 이념들을 전파하였다.

하이네는 프랑스 정부로부터 연금을 받았으며, 독일 신문들의 통신원으로 일했다. 숨을 거둘 때까지 여러 해 동안 병마와 싸운 그를 보살펴준 사람은 그의 충직한 '무체'(Mouche, 그녀는 카미유 셀든이라는 필명을 사용했다)였다.

하이네의 글쓰기는 자신의 이중적인 본질을 반영하고 있다. 즉 독일 고전주의 문학과 낭만주의 문학 모두의 영향을 강하게 받았음을 보여준다. 하이네는 기독교로 개종하였지만 그의 작품에는 유태교 문제가 자주 묘사되는데, 이는 영국과 프랑스 문학의 영향을 반영한다. 후기의 시들과 특히 산문들에서는 신랄한 위트가 넘치는 풍자가로서의 하이네, 낭만주의와 맹목적 애국주의와 당대의 사회적·정치적 사건에 대한 혹독한 비판가로서 그의 면모가 여실히 드러난다.

짧게 주석을 붙인 읽을거리 목록

마르크스의 『자본론』(여러 가지 판이 많이 있다)은 당연히 마르크스의 정치경제학에 관한 저작 가운데 정수이다. 이 책은 세 권으로 되어 있는데, 오랫동안 감옥 생활을 하는 경우가 아니라면 굳이 2권과 3권은 읽지 않아도 된다. 정치경제학에 관한 마르크스의 저작으로는, 그가 『자본론』의 집필에 들어가기 전에 쓴 『정치경제학 비판 요강』과 세 권으로 된 『잉여가치학설사』가 있다. 특히 후자는 정말 죽인다.

1848년 혁명 뒤 프랑스에서 일어난 사건에 관해 쓴

『루이 보나파르트의 브뤼메르 18일』은 아마 문체 면에서 마르크스 저작 가운데 가장 뛰어난 작품일 것이다.

『공산당 선언』은 물론 짧고 매섭다.

뛰어난 마르크스-엥겔스 저작 선집으로는 뉴욕의 W. W. 노턴(W. W. Norton) 출판사에서 펴낸 로버트 C. 터커(Robert C. Turker)의 『마르크스-엥겔스 선집』(*The Marx-Engels Reader*)이 있다.

마르크스의 생애뿐 아니라 그의 저작까지 다루어 내게 가장 도움이 되었던 전기는 뉴욕의 하퍼 앤드 로(Harper and Row) 출판사에서 펴낸 영국 작가 데이비드 맥렐런(David McLellan)의 『카를 마르크스: 그의 생애와 사상』(*Karl·Marx: His Life and Thought*)이다.

마르크스의 가족생활을 이해하기 위해서 반드시 읽

어야 할 책으로는 뉴욕의 팬턴 북스(Pantheon Books)에서 펴낸 이본 캡(Yvonne Kapp)의 『엘레아노르 마르크스』(*Eleanor Marx*)가 있다. 이 책은 마르크스의 막내딸 엘레아노르의 전기로, 두 권으로 되어 있다.

비범했던 마르크스의 아내 예니에 관한 흥미로운 전기로는 뉴욕의 마틴스 프레스(Martin's Press)에서 펴낸 H. F. 피터스(H. F. Peters)의 『빨갱이 예니』(*Red Jenny*)가 있다.

마르크스와 그의 가족이 살았던 런던을 그린 뛰어난 작품으로는 헨리 메이휴(Henry Mayhew)의 『런던의 노동자와 런던의 가난한 사람들』(*London Labour and the London Poor*)이 있다. 이 책은 원래 네 권으로 되어 있었으나, 펭귄 북스(Penguin Books)에서 한 권으로 압축해 내놓았다.

예니가 마르크스에게 쓴 편지(1844년 8월 11, 18일, 파리)

더없이 소중하고 유일한 나의 카를,

내 마음을 다하여 사랑하는 당신, 당신이 보낸 편지들이 나를 얼마나 행복하게 해주는지, 진정 나의 고귀한 사제요 주교이신 당신, 지난번 당신의 목가적인 편지가 얼마나 당신의 불쌍한 어린 양에게 부드러운 고요함과 평화를 다시금 되찾게 해주었는지, 짐작도 못하실 겁니다.

온갖 근심과 저 멀리 어두컴컴한 전망들의 희미한 빛에 괴로워하는 것은 확실히 잘못되었고 어리석습니다. 자학의 순간들의 제 상태를 잘 알고 있습니다──하

예니와 마르크스(1869년)

지만 정신은 자발적일지라도 육신은 무척 약합니다. 그래서 늘 저는 당신의 도움을 받아야만 그 악마들을 물리칠 수 있습니다.

최근에 당신이 보내주신 소식은 다시 곰곰이 되짚어 볼 필요도 없으리만큼, 실로 저에게는 마치 또렷이 손에 잡힐 듯 현실감이 느껴지는 위안이 되었습니다. 지금

저는 카드 게임을 하다가 일어날 법한 일을 떠올립니다만, 어떤 외부적인 환경이 내가 집으로 돌아갈 시간을 결정해 주기를 바라는 것입니다.

아무튼 저는 당신의 편지 구절들이 나에게 비추이는 것 같은 사랑스럽고 가슴 훈훈한 친밀감을 도저히 거역할 수 없어 겨울이 되기 전에 돌아오게 될 터이지요. 그리고 그 배경에는 자본주의 도시의 유혹과 매력, 근심과 공포의 어둠침침한 분위기, 불신의 실질적인 협박이 자리잡고 있습니다──이 모든 것들이 바로 권력과 힘이며, 이런 권력과 힘이 나에게 끼치는 영향은 그 무엇보다도 더 강합니다.

저는 그 오랜 시간 후에 당신의 팔에 안겨 다시 한번 편안하고 행복하게 당신에게 다가가기를 얼마나 고대하는지 모릅니다.

당신이 이 자그마한 녀석을 보시면 무척 기쁠 텐데, 녀석의 앙증맞은 눈과 갈기 같은 검은머리가 당신에게 그 비밀을 드러내지 않는다면 아마 당신은 우리 아이를 알아보지 못하실 겁니다. 갈수록 당신을 꼭 빼닮아 간다는 것만 빼고는 지금은 모든 것이 완전히 달라졌답니다.

지난 며칠 동안 녀석은 제가 가지고 온 허브로 만든 묽은 수프를 먹기 시작했는데, 녀석이 얼마나 맛있게 잘 먹는지. 욕조에서 녀석은 그 조그만 손으로 어찌나 물을 흩뿌려 대었는지 온 방이 물바다가 되었어요. 그러고는 녀석은 고사리 같은 손가락을 물에 담그더니 냉큼 그걸 핥아먹지 않겠어요. 녀석이 늘 구부려서 손가락 사이로 쑥 내밀고 있는 작은 엄지손가락은 이 버릇 때문에 비정상적일 정도로 어찌나 나긋나긋하고 유연해졌는지, 그걸 보고 놀라지 않을 사람이 없을 정도입니다.

녀석은 꼬마 피아노 연주자가 될 수 있을 것 같습니다 ──녀석이 그 작은 엄지손가락으로 마술을 부릴 수 있을 거라고 믿거든요. 녀석이 소리를 치면, 재빨리 우리는 녀석의 관심을 벽지에 그려진 꽃들에게 돌려놓습니다. 그러면 녀석은 생쥐처럼 조용해지면서 한참 동안 쳐다보고 있답니다. 눈물이 흘러내릴 정도로 오랫동안 뚫어

져라 보고 있지요.

어찌나 온 신경을 모아서 듣는지, 우린 녀석에게 너무 오래 말을 하지 말아야 합니다. 녀석은 온갖 소리를 다 흉내 내려 하고 그에 답하려고 한답니다. 그래서 녀석의 이마가 불그스레지면서 부풀어 오르면, 그건 녀석이 지나치기 긴장하고 있다는 신호랍니다.

한 가지 더 말씀드리자면, 지금 녀석은 더할 수 없이 즐거운 상태입니다. 당신이 녀석에게 보여주는 온갖 모습 하나하나에 녀석은 까르르 웃어댑니다. 제가 데려 갈 이 꼬마 녀석이 얼마나 사랑스러운지 당신은 꼭 보셔야 합니다.

누군가 말을 하는 소리가 들리면, 녀석은 소리 나는 쪽으로 휙 고개를 돌려 새로운 일이 일어날 때까지 가만히 쳐다보고 있습니다. 당신은 이 아이의 왕성한 활기를 도저히 상상하실 수 없을 것입니다.

사랑하는 카를, 얼마 동안이나 우리의 앙증맞은 인형이 혼자서 놀아야 할까요? 녀석의 엄마아빠가 다시 함께

지내면서 다함께 살게 될 때 그 연주는 이내 듀엣이
될까, 염려되고 염려된답니다. 혹은 우리는 멋진 파리
스타일로 그렇게 해야 할까요? 흔히 사람들은 아이들이
가장 많은 곳에 언짢은 일이 가장 적다고 생각한답니다.

당신, 사랑하는 소중한 카를, 다정한 내 사랑. 제가
얼마나 당신을 사랑하는지, 제 가슴이 당신을 얼마나
그리워하는지. 이번에도 곧 답장을 보내주세요. 저는
당신의 필체를 볼 때면 너무 행복하답니다. 내 작은
인형의 사랑스러운 아버지, 당신.

아듀, 내 마음을 다 바쳐 사랑합니다.

저자에 대하여

하워드 진은 보스턴 대학 명예 교수이다. 고전 반열에 오른『미국 민중의 역사』를 쓴 저자이며, 이 책은 "대부분 역사에서 외면당했던 민중의 관점에서 미국 역사를 쓴 아주 훌륭하고 감동적인 책"(『라이브러리 저널』)이라는 호평을 받았다. 최근에는 활발한 저술 활동과 적극적인 정치적 행동주의로 래던 재단 논픽션 도서상과 유진 V. 댑스 상을 받았다.

진은 많은 책을 쓴 저자이며, 그가 쓴 책으로는『진 선집』, 『독립선언』(*Declarations of Independence: Cross-Examining American Ideology*, 『오만한 제국』), 자전적인

글인『달리는 기차에 중립은 없다』(*You Can't Be Neutral on a Moving Train*), 정치극 선집인『극본』(Playbook)에 수록된『엠마』(*Emma*) 등이 있다.

　진은 브루클린에서 자라 조선소에서 일했으며, 제2차 세계대전 때는 공군 폭격수로 복무했다. 스펠만 대학 역사학과 학과장을 지냈고, 여기서 인권 운동에 적극 참여했으며, 후에 보스턴 대학으로 자리를 옮겼다. 현

재 매사추세츠에서 아내인 로즐린과 함께 살고 있으며,
역사와 현대 정치에 관해 폭넓게 강의하고 있다.

하워드 진이 쓴 책들

The Future of History: Interviews with David Barsamian
(Common Courage Press, 1999).

The Zinn Reader: Writings on Disobedience and Democracy
(Seven Stories Press, 1997).

A People's History of the United States: 1492-Present, Re-
vised and expanded (HarperCollins, 1995).

*You Can't Be Neutral on a Moving Train: A Personal
History of Our Times* (Beacon Press, 1994).

Failure to Quit: Reflections of an Optimistic Historian (Com-
mon Courage Press, 1993).

Declarations of Independence: Cross-Examining American

Ideology (HarperCollins, 1990).

The Politics of History, Second edition (University of Illinois Press, 1990).

Emma. In Zinn, Sargent, and Klein, eds., Playbook (South End Press, 1986).

SNCC: The New Abolitionists (Beacon Press, 1964).